新版

線上音檔 QR-Code

日本語基礎50音別再鬧彆扭了

學發音、練假名、趣味圖，最有梗的日語教室

吉松由美
山田玲奈
林 勝 田 ◎合著

PREFACE

前言

零基礎？沒老師？沒問題！
這是你的第一本 50 音！
最強學習法，讓你在家自學日語，
一開口就驚艷四方！

✔ 搞笑插畫 × 直覺記憶：用會說的中文巧妙聯結發音，看過就忘不了！
✔ 真人嘴形 + 透視圖：內外兼修，發音一秒到位，精準到像有老師親授！
✔ 字首・字尾・字中學習法：從單字入手，50 音自然內化，讓耳朵越聽越靈敏！
✔ 繞口令 × 生活例句：邊玩邊學，發音訓 練變成超爆笑挑戰！不再死背假名，第一天就能開口說日語！
✔ 相似假名破解術：な（na）還是ら（ra）？不再傻傻分不清楚！
✔ 習字帖 × 書寫記憶：寫對才能記得牢，漂亮筆跡從第一筆開始養成！
✔ QR 碼線上音檔 + 書本雙管齊下：日本老師錄製，開口就是標準東京腔！

擁有好的基礎，就是成功的一半。
零基礎、沒有老師沒關係，選好書，自學也可以學出好發音，
奠定未來口說及聽力基礎！

本書特色：

1 Kuso 插畫學發音，圖像記憶超容易！

本書善用大腦對於圖像記憶的敏感度，利用超搞笑插圖，教您如何利用早就會說的中文來學習 50 音發音，看過就記得、記住忘不了！讓您知道您早就會說 50 音了啦！

2 發音嘴形透視圖，真人示範超好學！

我們不僅為您附上剖面的「口中透視圖」，告訴您舌頭怎麼擺、吐氣怎麼吐…這種基本款之外，每個假名都還附上真人拍攝的「嘴形圖」，讓您裡應外合、從裡到外透視日語發音的「嘴上秘密」！就像老師站在您面前，您可以按照自己的學習速度，想要看幾遍就看幾遍，不用擔心不好意思。另外配合文字說明的「發音絕技」，既可以身體力行又獲得詳細說明，雙管齊下，效果加倍！

3 單字例句全列舉，內容紮實超豐富！

精選每一個假名最常用也最實用的基礎單字，讓您利用假名學習單字，同時利用單字記憶假名，雙向學習、雙倍效果，效率好的讓您吃了不止一驚！並採用獨創「字首、字尾、字中」學習法，假名分別出現在單字前中後的位置，可以讓您默默將 50 音假名內化，同時延伸學習觸角，深化記憶效益，讓耳朵越聽越敏銳。

書中也列舉相關單字的例句，讓您在初學階段就一步一步培養閱讀與理解能力，日後學習文法與句型時，自然能像母語一般脫口而出，一點都不費半點力氣！

4 嘴上體操繞口令，練習發音超有趣！

每個假名都有一句繞口令，自己唸或和朋友練，簡直超級爆笑，多唸幾次都不嫌煩。您新學乍練就更應該立刻挑戰一下自己！利用剛剛才學會的 50 音發音技巧，試試看進階的繞口令發音，只要多嘗試幾次，一定很快就可以上手！讓您馬上晉升日語發音好手之列！

5 相似假名大比較，清楚辨認超高竿！

「50 音很多假名都長得好像喔，我就是記不起來！」、「是な（na）還是ら（ra），怎麼唸起來都一樣。」相信這是很多人共同的心聲。為了幫助您克服這個困擾，本書特別加入假名比較的單元，為您解說長相相似或是發音相似的假名之間如何區別，讓您分得清楚，自然記的明白、寫的順手而且讀的通暢囉！

6 漂亮的習字帖，讓筆寫法加強記憶力道！

學完 50 音一行，立刻進入書寫練習。用十字方格，搭配正確的一筆一畫教學，讓您寫出一手漂亮、流暢的假名。剛學完 50 音立刻進入手寫練習，用筆寫法挖掘大腦的潛力，記憶的力道最強大！

7 朗讀音檔 + 書本，邊聽邊學超效率！

隨書附上精緻朗讀 QR-Code，由東京腔日本老師錄製，讓您在初學階段就習慣最正確最優美的發音，只要長期接觸正確的發音，自然會說一口標準的日語！建議您一邊看書一邊聽音檔，並且張開嘴巴大聲跟著老師唸，訓練您的耳朵、也訓練您的嘴，聽說讀寫一下子就一次全部都搞定！

本書寫給剛開始接觸日文的讀者，從一開始就擁有最正確又清晰的資訊，卻是最有趣最好學的方式，讓您不知不覺就全部吸收，為您打開一扇寬廣的大門，以後的學習之路都是坦坦大道！

CONTENTS

目錄

假名與發音

假名與發音

日語字母叫「假名」。每個假名都有兩種寫法，分別叫平假名和片假名。平假名是由中國漢字草書發展而成的，一般用在印刷和書寫上；片假名是由中國漢字楷書的部首演變而成的，一般用來標記外來語和某些專有名詞。下列表中括號內為片假名。

基本上一個假名是一個發音單位，大部分由一個子音和一個母音構成。而特色是以母音為結尾。日語假名共有七十個，分為清音、濁音、半濁音和撥音四種。

清音表（五十音圖）

段／行	あ（ア）段	い（イ）段	う（ウ）段	え（エ）段	お（オ）段
あ（ア）行	あ（ア） a	い（イ） i	う（ウ） u	え（エ） e	お（オ） o
か（カ）行	か（カ） ka	き（キ） ki	く（ク） ku	け（ケ） ke	こ（コ） ko
さ（サ）行	さ（サ） sa	し（シ） shi	す（ス） su	せ（セ） se	そ（ソ） so
た（タ）行	た（タ） ta	ち（チ） chi	つ（ツ） tsu	て（テ） te	と（ト） to
な（ナ）行	な（ナ） na	に（ニ） ni	ぬ（ヌ） nu	ね（ネ） ne	の（ノ） no
は（ハ）行	は（ハ） ha	ひ（ヒ） hi	ふ（フ） fu	へ（ヘ） he	ほ（ホ） ho
ま（マ）行	ま（マ） ma	み（ミ） mi	む（ム） mu	め（メ） me	も（モ） mo
や（ヤ）行	や（ヤ） ya		ゆ（ユ） yu		よ（ヨ） yo
ら（ラ）行	ら（ラ） ra	り（リ） ri	る（ル） ru	れ（レ） re	ろ（ロ） ro
わ（ワ）行	わ（ワ） wa				を（ヲ） o
					ん（ン） n

濁音

日語子音裡，存在著清濁音的對立，例如，か [ka] 和が [ga]、た [ta] 和だ [da]、は [ha] 和ば [ba] 等的不同，實際上是子音的 [k,t,h] 和 [g,d,b] 的不同。不同在什麼地方呢？不同在前者發音時，聲帶不振動；相反地，後者就要振動聲帶了。

濁音共有二十個假名，但實際上不同的發音只有十八種。濁音的寫法是，在清音假名右肩上打兩點。

濁音表

行／段	あ（ア）段	い（イ）段	う（ウ）段	え（エ）段	お（オ）段
か（カ）行	が（ガ） ga	ぎ（ギ） gi	ぐ（グ） gu	げ（ゲ） ge	ご（ゴ） go
さ（サ）行	ざ（ザ） za	じ（ジ） ji	ず（ズ） zu	ぜ（ゼ） ze	ぞ（ゾ） zo
た（タ）行	だ（ダ） da	ぢ（ヂ） ji	づ（ヅ） zu	で（デ） de	ど（ド） do
は（ハ）行	ば（バ） ba	び（ビ） bi	ぶ（ブ） bu	べ（ベ） be	ぼ（ボ） bo

半濁音

同時和「清音」和「濁音」相對的是「半濁音」，半濁音性質上其實是比較接近清音的。但它既不能完全歸入「清音」，也不完全屬於「濁音」，所以只好讓它「半清半濁」了。半濁音的寫法是，在清音假名右肩上打上一個小圈。半濁音只出現於「は」行。

半濁音表

は（ハ）行	ぱ（パ） pa	ぴ（ピ） pi	ぷ（プ） pu	ぺ（ペ） pe	ぽ（ポ） po

拗音

い段假名（請見 P6）和「ゃ」、「ゅ」、「ょ」所拼而成的音節叫「拗音」。拗音音節只讀一拍的長度。拗音音節共有三十六個，但其中三個音相同，所以實際上只有三十三個。

拗音表

きゃ（キャ） kya	きゅ（キュ） kyu	きょ（キョ） kyo
ぎゃ（ギャ） gya	ぎゅ（ギュ） gyu	ぎょ（ギョ） gyo
しゃ（シャ） sya	しゅ（シュ） syu	しょ（ショ） syo
じゃ（ジャ） ja	じゅ（ジュ） ju	じょ（ジョ） jo
ちゃ（チャ） cha	ちゅ（チュ） chu	ちょ（チョ） cho
ぢゃ（ヂャ） ja	ぢゅ（ヂュ） ju	ぢょ（ヂョ） jo
にゃ（ニャ） nya	にゅ（ニュ） nyu	にょ（ニョ） nyo
ひゃ（ヒャ） hya	ひゅ（ヒュ） hyu	ひょ（ヒョ） hyo
びゃ（ビャ） bya	びゅ（ビュ） byu	びょ（ビョ） byo
ぴゃ（ピャ） pya	ぴゅ（ピュ） pyu	ぴょ（ピョ） pyo
みゃ（ミャ） mya	みゅ（ミュ） myu	みょ（ミョ） myo
りゃ（リャ） rya	りゅ（リュ） ryu	りょ（リョ） ryo

平片假名字源表

〔平假名〕 中國漢字草書演變而來	〔片假名〕 中國漢字楷書演變而來
安→あ 以→い 宇→う 衣→え 於→お	阿→ア 伊→イ 宇→ウ 江→エ 於→オ
加→か 幾→き 久→く 計→け 己→こ	加→カ 幾→キ 久→ク 介→ケ 己→コ
左→さ 之→し 寸→す 世→せ 曽（曾）→そ	散→サ 之→シ 須→ス 世→セ 曽（曾）→ソ
太→た 知→ち 川→つ 天→て 止→と	多→タ 千→チ 川→ツ 天→テ 止→ト
奈→な 仁→に 奴→ぬ 祢（禰）→ね 乃→の	奈→ナ 二→ニ 奴→ヌ 祢（禰）→ネ 乃→ノ

〔平假名〕 中國漢字草書演變而來	〔片假名〕 中國漢字楷書演變而來
波→は	八→ハ
比→ひ	比→ヒ
不→ふ	不→フ
部→へ	部→ヘ
保→ほ	保→ホ
末→ま	末→マ
美→み	三→ミ
武→む	牟→ム
女→め	女→メ
毛→も	毛→モ
也→や	也→ヤ
由→ゆ	由→ユ
与→よ	與（与）→ヨ
良→ら	良→ラ
利→り	利→リ
留→る	流→ル
礼（禮）→れ	礼（禮）→レ
呂→ろ	呂→ロ
和→わ	和→ワ
遠→を	乎→ヲ
无→ん	尔→ン

日語 50 音

あ [ɑ] 的發音

張開嘴巴看牙醫：「啊」～。快抽筋了。

track 01

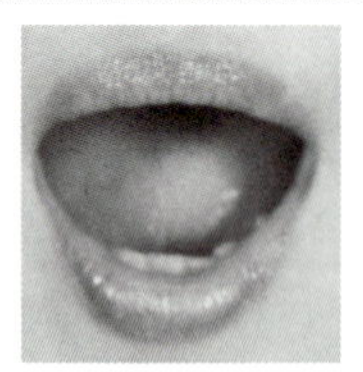

[ɑ]

1 假名這樣發音

「あ」是母音。[ɑ] 的發音是舌頭跟下巴一起往下，口腔自然地張大，大約可以放兩根手指。舌頭放低稍微向後縮。不是圓唇。這個發音的開口度比「啊」還要小。要振動聲帶喔！

2 單字聽了就會

在開頭的單字

- あい【愛】／愛
- あし【足】／腳
- あか【赤】／紅色
- あなた／你
- あした【明日】／明天
- あおい【青い】／藍色的

在中間的單字

- まいあさ【毎朝】／每天早上
- あしあと【足跡】／腳印

在字尾的單字

- ろうあ【聾唖】／聾啞
- もうあ【盲唖】／盲啞

3 發音比比看

「あ」是一拍的長度。「ああ」就是兩拍囉！也就是日語的長音。發「ああ」的時候，就像打呵欠一樣，把「啊」拉長一倍變成「啊～」就可以啦！長音請看「P114 長音的發音」。

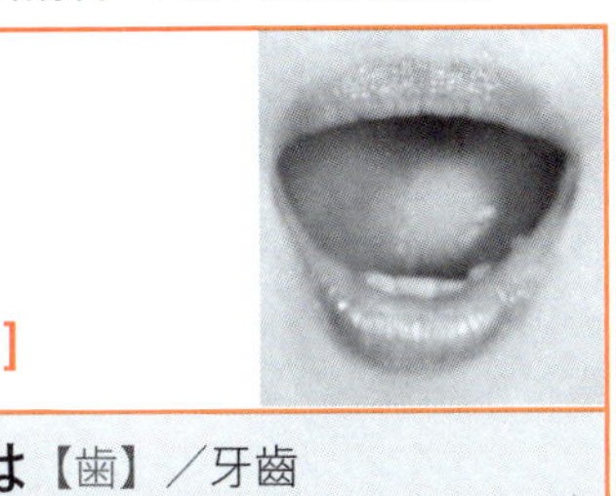

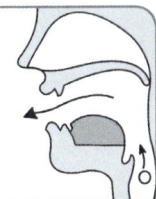

あ [ɑ]	ああ [ɑɑ]
❶ は【歯】／牙齒	はあ／（應答）是
❷ はと【鳩】／鴿子	はあと【ハート】／心臟
❸ まく【幕】／幕簾	まあく【マーク】／記號
❹ や【矢】／箭	やあ／（打招呼）喂

[ɑ]

4 例句說說看

- ありがとう　ございました。
  非常感謝您。

- 青い（あおい）　画（え）を　書き（かき）ます。
  畫一幅藍色的圖。

- 青井愛（あおいあい）は　いい　子（こ）だ。
  青井愛是個好女孩。

5 繞口令

海（うみ）は　青々（あおあお）、空（そら）も　青々（あおあお）。

大海是湛藍的，天空也是蔚藍的。

[i] 的發音

track 02

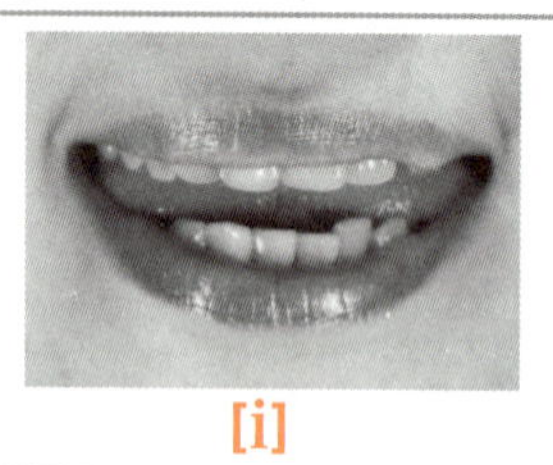

[i]

小孩耍脾氣：「人家不『依』！」

假名這樣發音

「い」是母音。**[i]** 的發音是嘴唇自然往左右拉，前舌面向硬顎隆起，舌尖稍稍向下，碰到下齒齦。這個發音的開口度比「依」略小。要振動聲帶喔！

2 單字聽了就會

在開頭的單字

- いす【椅子】／椅子
- いと【糸】／線
- いし【石】／石頭
- いつ【何時】／什麼時候
- いろ【色】／顏色
- いなか【田舎】／鄉下

在中間的單字

- あいいろ【藍色】／深藍色
- まいにち【毎日】／每天

在字尾的單字

- とおい【遠い】／遠的
- やさしい【優しい】／溫柔的

3 發音比比看

「い」是一拍的長度。「いい」就是兩拍囉！也就是日語的長音。發「いい」就像撒嬌地叫阿姨，把「姨」拉長一倍變成「姨～」就行啦！

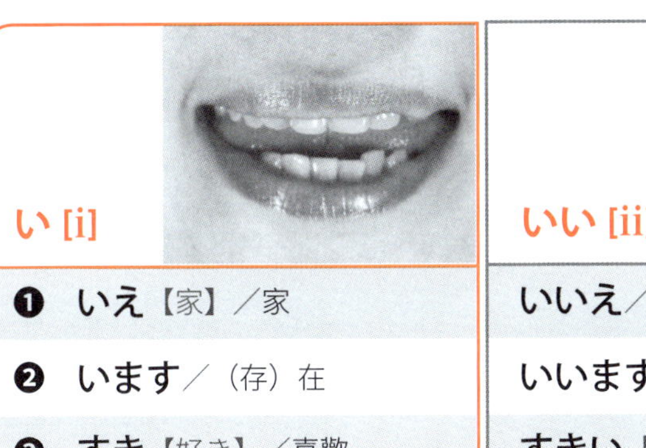

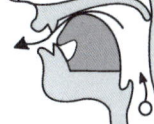

い [i]	いい [ii]
❶ いえ【家】／家	いいえ／不
❷ います／（存）在	いいます【言います】／說
❸ すき【好き】／喜歡	すきい【スキー】／滑雪
❹ ちず【地図】／地圖	ちいず【チーズ】／起司

4 例句說說看

- いい　におい。
  這氣味好香啊。
- いい　お天気(てんき)ですね。
  今天天氣真好。
- ここは　甥(おい)の　家(いえ)だ。
  這裡是我外甥／姪子的家。

5 繞口令

あの　映画(えいが)は　いい　映画(えいが)だ。

那部電影很精彩。

う [ɯ] 的發音

track03 ♫

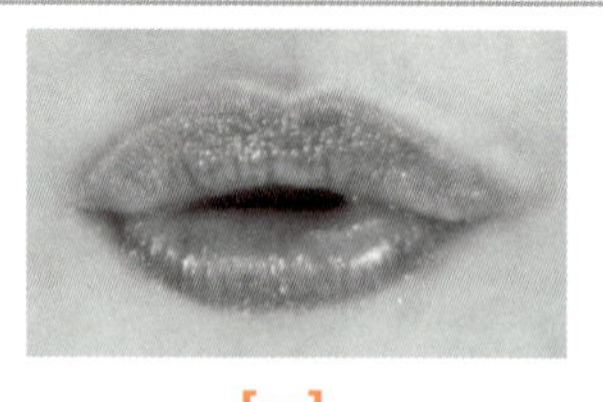

[ɯ]

拆散戀人的壞女「巫」！

1 假名這樣發音

「う」是母音。**[ɯ]** 的發音是雙唇保持扁平，雙唇兩端左右往中央稍稍靠攏，後舌面隆起靠近軟顎。發音的開口度比「巫」略小。要振動聲帶！要記得這個發音不是圓唇的喔！

2 單字聽了就會

在開頭的單字

- うみ【海】／海洋
- うえ【上】／上面
- うち【家】／家
- うま【馬】／馬
- うめ【梅】／梅花
- うんてん【運転】／開車

在中間的單字

- こうえん【公園】／公園
- ゆうめい【有名】／有名的

在字尾的單字

- さとう【砂糖】／砂糖
- むこう【向こう】／對面

3 發音比比看

「う」是一拍的長度。「うう」就是兩拍囉！也就是日語的長音。發「うう」的時候，就像學狼嚎一樣，把「嗚」拉長一拍變成「嗚～」，就可以啦！

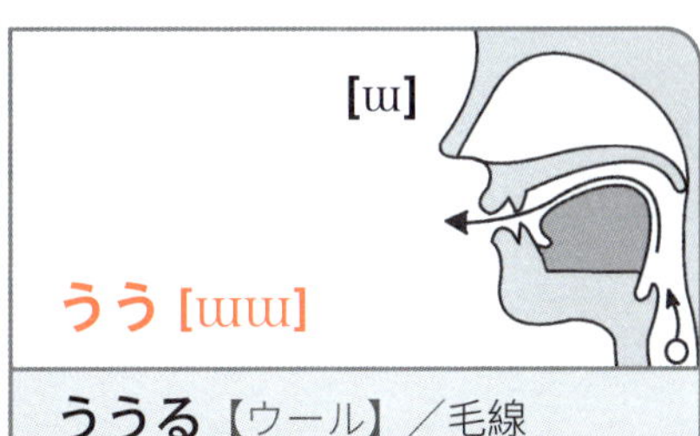

う [ɯ]	うう [ɯɯ]
❶ うる【売る】／販賣	ううる【ウール】／毛線
❷ くつ【靴】／鞋子	くつう【苦痛】／痛苦
❸ す【酢】／醋	すう【数】／數量
❹ つち【土】／土地	つうち【通知】／通知

4 例句說說看

- おはよう　ございます。
  早安。
- 昨日（きのう）、海（うみ）へ　行（い）った。
  昨天我去了海邊。
- 魚（うお）の　尾（お）を　売（う）る。
  販賣魚的尾段。

5 繞口令

うさぎと　うにを　食（た）べて、うんうん。

吃了兔肉和海膽，好吃、好吃。

[e] 的發音

被客人問倒了，只好傻笑「ㄟ～～」。

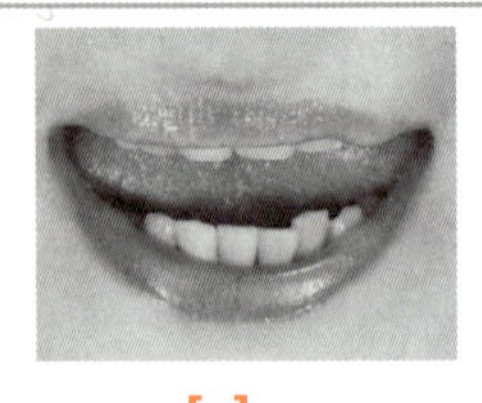

[e]

1 假名這樣發音

「え」是母音。[e] 的發音是雙唇略向左右自然展開，前舌面隆起，舌尖抵住下齒，舌部的肌肉稍微用力。開口度在 [i] 和 [ɑ] 之間。要振動聲帶喔！

2 單字聽了就會

在開頭的單字

- え【絵】／圖畫
- えさ【餌】／飼料
- えき【駅】／車站
- えいせい【衛星】／衛星

在中間的單字

- かえり【帰り】／回家
- すいえい【水泳】／游泳

在字尾的單字

- いえ【家】／家
- つくえ【机】／書桌
- こたえ【答え】／回答
- としうえ【年上】／年長

3 發音比比看

「え」是一拍的長度。「ええ」就是兩拍囉！也就是日語的長音。發「ええ」時，好像看到學生作品不夠好，說：還不行「ㄟ～」。

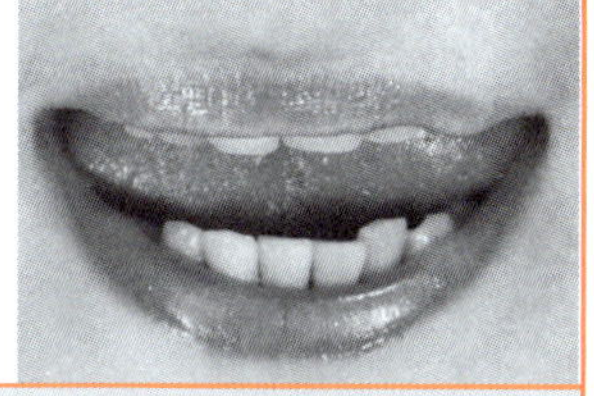

え [e]

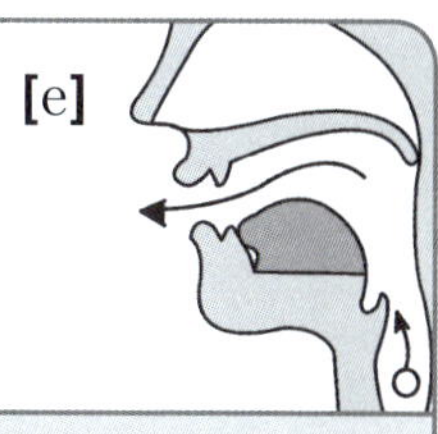

ええ [ee]

え [e]	ええ [ee]
❶ えき【駅】／車站	えいき【英気】／才氣
❷ かめ【亀】／烏龜	かめい【加盟】／加盟
❸ せき【席】／座位	せいき【世紀】／世紀
❹ へや【部屋】／房間	へいや【平野】／平原

4 例句說說看

- えい、えい、おう。
  嘿、嘿、荷！（注：打氣或歡呼聲）

- どうぞ、ご遠慮（えんりょ）なく。
  別客氣，請用／請進／請坐。

- あの　いえの　うえ。
  那棟房屋的上方。

5 繞口令

英雄（えいゆう）の　映画（えいが）に　延々（えんえん）の　列（れつ）。

前來觀賞那部英雄電影的觀眾，排了長長的人龍。

お [o] 的發音

track 05

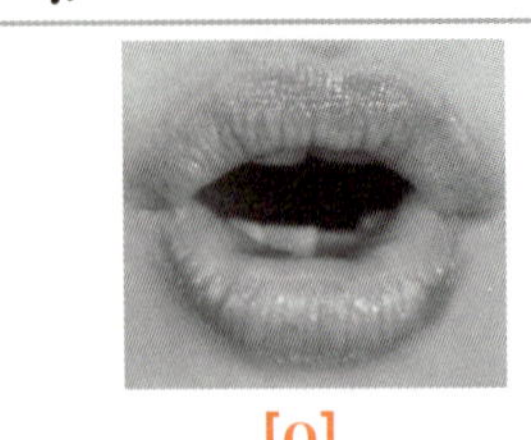
[o]

傻呼呼的阿明，問他話都只會「喔」！

1 假名這樣發音

「お」是母音。**[o]** 的發音是唇部肌肉用力，嘴角向中間收攏，形成橢圓形的唇。比「う」下巴還要往下，雙唇也更圓。舌向後縮後舌面隆起。開口度比「喔」略小。要振動聲帶喔！ **[o]** 是日語唯一的圓唇母音。

2 單字聽了就會

在開頭的單字

- おかし【お菓子】／點心
- おいしい【美味しい】／好吃的
- おさら【お皿】／盤子
- おとうと【弟】／弟弟
- おとな【大人】／大人
- おととい【一昨日】／前天

在中間的單字

- こおり【氷】／冰
- とおり【通り】／通道

在字尾的單字

- しお【塩】／鹽巴
- うお【魚】／魚

3 發音比比看

「お」是一拍的長度。「おお」就是兩拍囉！也就是日語的長音。發「おお」時，就像看到漂亮的女孩，從身旁走過，說：「『喔～』正妹哦！」

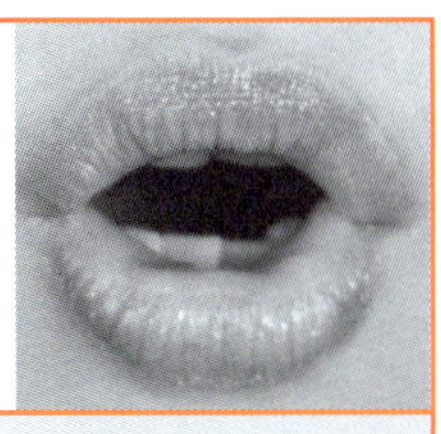

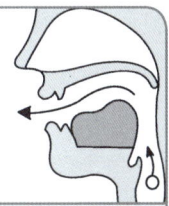

お [o]	おお [oo]
❶ かど【角】／轉角	かどう【華道】／花道
❷ くろ【黒】／黑色	くろう【苦労】／辛勞
❸ こい【恋】／戀愛	こうい【好意】／好意
❹ よい【良い】／好的	ようい【用意】／準備

4 例句說說看

- おやすみなさい。
  晚安。
- お家(うち)は　遠(とお)いですか。
  您家離這裡很遠嗎？
- 顔(かお)を　洗(あら)う。
  洗臉。

5 繞口令

お湯(ゆ)の　中(なか)で　泳(およ)ぐのは、おやめなさい。

不要在浴池裡游泳。

か [kɑ] 的發音

「喀」嗞「喀」嗞吃零食，好開心～！

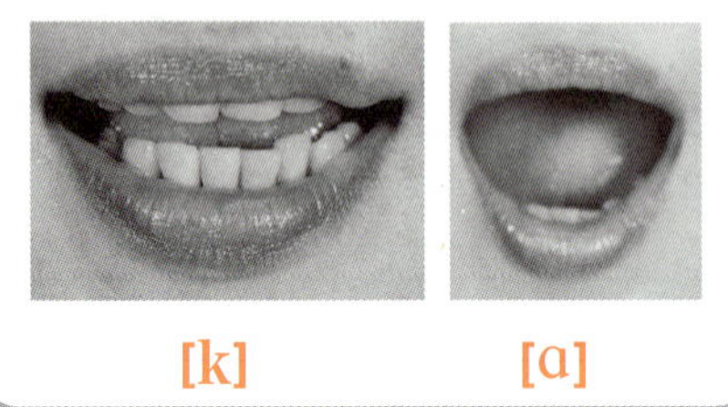

1 假名這樣發音

「か」是子音 **[k]** 跟母音 **[ɑ]** 拼起來的。**[k]** 的發音是讓後舌面，跟在它上面的軟顎接觸，把氣流擋起來，然後很快放開，讓氣流衝出來。不要振動聲帶喔！

2 單字聽了就會

在開頭的單字

- かい【貝】／貝殼
- かお【顔】／臉
- かな【仮名】／假名
- かた【方】／～位
- かいわ【会話】／會話
- かいぬし【飼い主】／飼主

在中間的單字

- みかん【蜜柑】／橘子
- さんかく【三角】／三角形

在字尾的單字

- はつか【二十日】／二十號
- まんなか【真ん中】／正中央

3 發音比比看

か [kɑ] 的 [k] 跟が [gɑ] 的 [g] 發音部位跟方法都是一樣的，不同的是 [k] 不要振動聲帶，[g] 是濁音要振動聲帶。濁音請看「P100 が行的發音」。

濁音請看「P100 が行的發音」

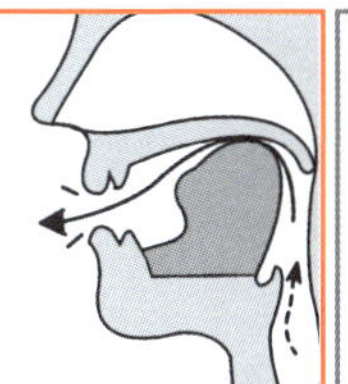

か [kɑ]

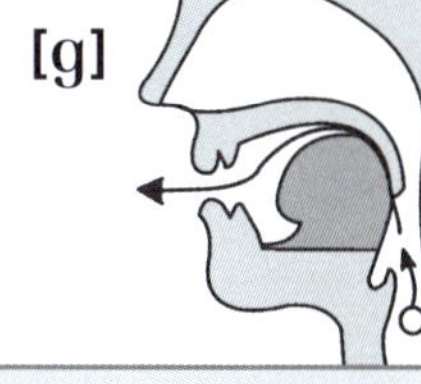

が [gɑ]

	か [kɑ]	が [gɑ]
❶	かつ【勝つ】／勝利	がつ【月】／～月
❷	かわ【川】／河川	がわ【側】／～邊
❸	たかい【高い】／高的	たがい【互い】／互相
❹	ちかい【近い】／近的	ちがい【違い】／差異

4 例句說說看

- 柿(かき)は　いかがですか。
  您要不要吃柿子呢？

- この　かばんは　いいですが。
  這皮包雖然不錯，但是⋯。

- その　貝(かい)、害(がい)が　ある。
  那些貝類被污染了。

5 繞口令

かんかんに　怒(おこ)った、観光課(かんこうか)の　係(かか)り。

觀光課的承辦人員暴跳如雷。

[ki] 的發音

track 07

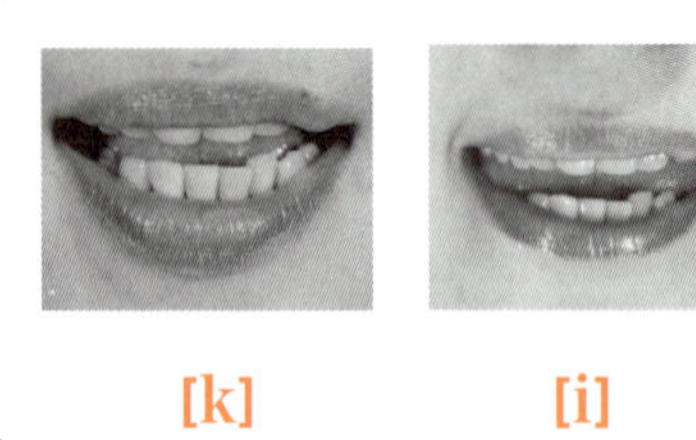

他「KEY」IN 速度超快，一分鐘竟有1000字！

1 假名這樣發音

「き」是子音 **[k]** 跟母音 **[i]** 拼起來的。**[k]** 的發音是讓後舌面，跟在它上面的軟顎接觸，把氣流擋起來，然後很快放開，讓氣流衝出來。不要振動聲帶喔！

2 單字聽了就會

在開頭的單字

- き【木】／樹木
- きいろ【黄色】／黃色
- きもの【着物】／和服
- きけん【危険】／危險
- きこう【気候】／氣候
- きせつ【季節】／季節

在中間的單字

- あきかん【空き缶】／空罐子
- つうきん【通勤】／通勤

在字尾的單字

- あき【秋】／秋天
- てんき【天気】／天氣

3 發音比比看

き [ki] 的 [k] 跟ぎ [gi] 的 [g] 發音部位跟方法都是一樣的，不同的是 [k] 不要振動聲帶，[g] 要振動聲帶。只是，「き」跟「ぎ」的發音因為受到後面母音的影響，所以舌位都比較前面，較接近硬顎。

[k]

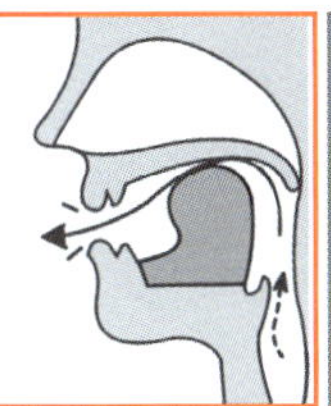

き [ki]

[g]

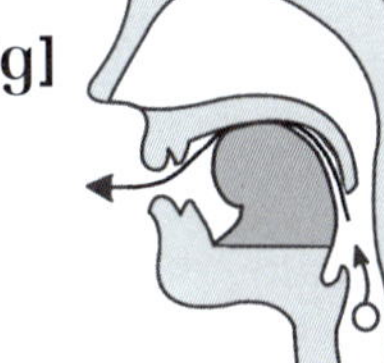

ぎ [gi]

き [ki]	ぎ [gi]
❶ いき【息】／呼吸	いぎ【意義】／意義
❷ きん【金】／金	ぎん【銀】／銀
❸ さき【先】／剛剛	さぎ【詐欺】／詐欺
❹ すき【好き】／喜歡	すぎ【過ぎ】／過於～
❺ つき【月】／月亮	つぎ【次】／下次

4 例句說說看

- 大(おお)きい　菊(きく)が　好(す)きだ。
  我喜歡花形碩大的菊花。

- ここは　きれいで　賑(にぎ)やかです。
  這裡景致優美又熱鬧鼎沸。

- 偽名(ぎめい)で　記名(きめい)した。
  簽署了捏造的姓名。

5 繞口令

今日(きょう)、午後(ごご)、学校(がっこう)で　剣劇(けんげき)ごっこ。

今天下午在學校和朋友玩鬥劍遊戲。

[kɯ] 的發音

track 08

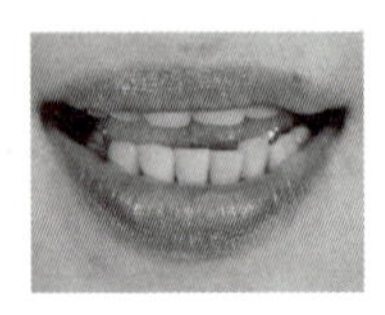

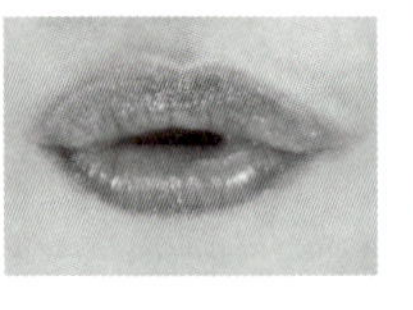

[k] [ɯ]

妹妹被媽媽罵了，傷心得一直「哭」。

1 假名這樣發音

「く」是子音 **[k]** 跟母音 **[ɯ]** 拼起來的。**[k]** 的發音是讓後舌面，跟在它上面的軟顎接觸，把氣流擋起來，然後很快放開，讓氣流衝出來。不要振動聲帶喔！

2 單字聽了就會

在開頭的單字

- く【九】／九
- くち【口】／嘴巴
- くつ【靴】／鞋子
- くつした【靴下】／襪子
- くうき【空気】／空氣
- くうこう【空港】／機場

在中間的單字

- いくつ【幾つ】／多少
- たくさん【沢山】／很多的

在字尾的單字

- おく【奥】／深處
- いく【行く】／去

3 發音比比看

く [kɯ] 的 [k] 跟ぐ [gɯ] 的 [g] 發音部位跟方法都是一樣的，不同的是 [k] 不要振動聲帶，[g] 要振動聲帶。發音時，有沒有振動聲帶，可以用手指摸喉頭來感覺一下。

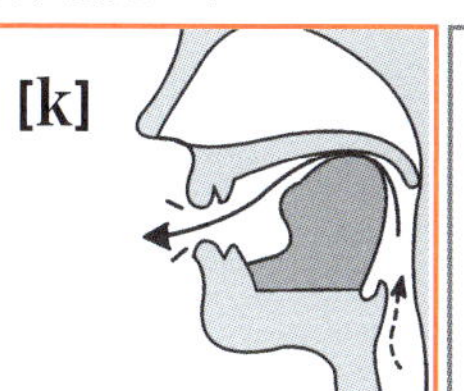

く [kɯ]

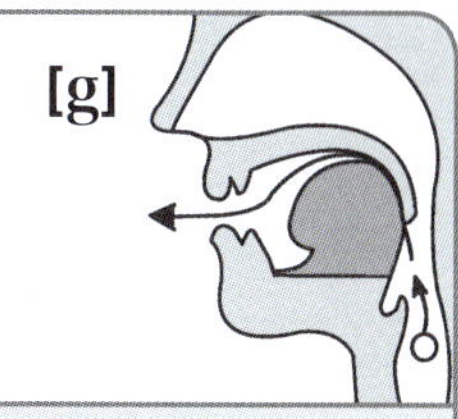

ぐ [gɯ]

く [kɯ]	ぐ [gɯ]
❶ かく【書く】／寫	かぐ【家具】／家具
❷ くん【君】／～君	ぐん【軍】／軍人
❸ すく【空く】／空出	すぐ【直ぐ】／馬上
❹ ぬく【抜く】／穿越	ぬぐ【脱ぐ】／脫掉

4 例句說說看

- 彼（かれ）の　車（くるま）は　黒（くろ）い　車（くるま）ですか。
  請問他的車子是黑色的嗎？

- 山下君（やましたくん）、具合（ぐあい）　どう？
  山下，身體還好嗎？

- 家具（かぐ）の　番号（ばんごう）を　書（か）く。
  寫下家具的編號。

5 繞口令

熊（くま）が　来（く）る　国（くに）、熊（くま）の　食（く）う　栗（くり）。

熊出沒之地，熊吃的栗子。

け [ke] 的發音

track 09

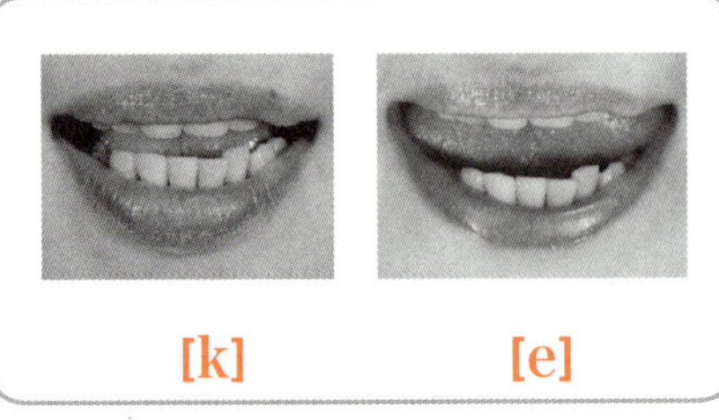

所有麻煩交給我，通通都 O「K」！

1 假名這樣發音

「け」是子音 **[k]** 跟母音 **[e]** 拼起來的。**[k]** 的發音是讓後舌面，跟在它上面的軟顎接觸，把氣流擋起來，然後很快放開，讓氣流衝出來。不要振動聲帶喔！

2 單字聽了就會

在開頭的單字

- け【毛】／毛髮
- けさ【今朝】／今早
- けんか【喧嘩】／吵架
- けいさつ【警察】／警察
- けいけん【経験】／經驗
- けんこう【健康】／健康

在中間的單字

- いけん【意見】／意見
- しけん【試験】／考試

在字尾的單字

- いけ【池】／池塘
- おさけ【お酒】／酒

3 發音比比看

け [ke] 的 [k] 跟げ [ge] 的 [g] 發音部位跟方法都是一樣的，不同的是 [k] 不要振動聲帶，[g] 要振動聲帶。有沒有振動聲帶，也可以用雙手摀住雙耳，如果聽到比較響的嗡嗡聲，就表示有振動聲帶了。

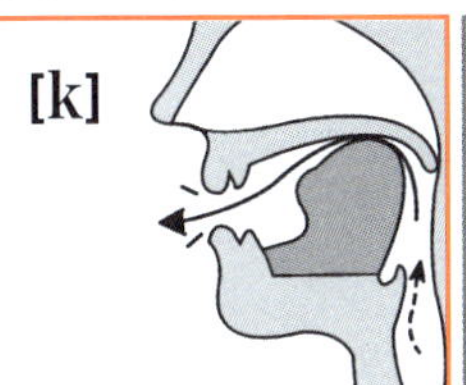

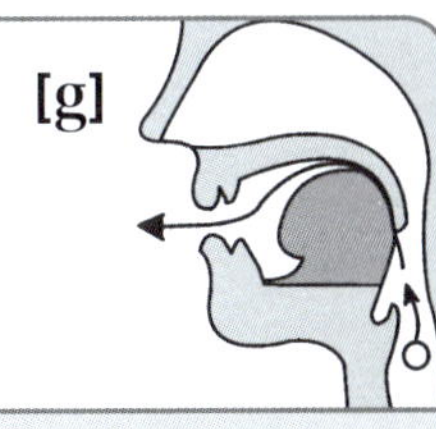

け [ke]	げ [ge]
❶ あける【開ける】／打開	あげる【上げる】／往上提
❷ きけん【危険】／危險	きげん【期限】／期限
❸ けんか【喧嘩】／吵架	げんか【原価】／原價
❹ さける【避ける】／避開	さげる【下げる】／拿下來

4 例句說說看

- 今朝(けさ)、出(で)かけましたか。
  你今天早上有出門嗎？

- 酒(さけ)を　届(とど)けに　きました。
  他來送酒了。

- 健康(けんこう)　一番(いちばん)、原稿(げんこう)　二番(にばん)です。
  健康擺第一，趕稿排第二。

5 繞口令

毛皮(けがわ)と　毛糸(けいと)の　景気(けいき)は　桁外(けたはず)れに　険(けわ)しい。

毛皮和毛線的賣況非常差。

こ [ko] 的發音

track 10♫

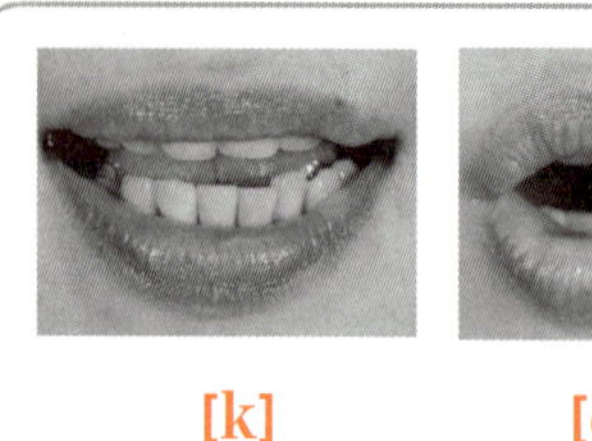

家財萬貫卻斤斤計較，實在有夠「摳」！

1 假名這樣發音

「こ」是子音 **[k]** 跟母音 **[o]** 拼起來的。**[k]** 的發音是讓後舌面，跟在它上面的軟顎接觸，把氣流擋起來，然後很快放開，讓氣流衝出來。不要振動聲帶喔！

2 單字聽了就會

在開頭的單字

- こめ【米】／稻米
- ことり【小鳥】／小鳥
- こえ【声】／聲音
- こうさてん【交差点】／十字路口

在中間的單字

- ちこく【遅刻】／遲到
- ここのつ【九つ】／九個
- とこや【床屋】／理髮店
- こうこうせい【高校生】／高中生

在字尾的單字

- おとこ【男】／男人
- むすこ【息子】／兒子

3 發音比比看

こ [ko] 的 [k] 跟ご [go] 的 [g] 發音部位跟方法都是一樣的，不同的是 [k] 不要振動聲帶，[g] 要振動聲帶。

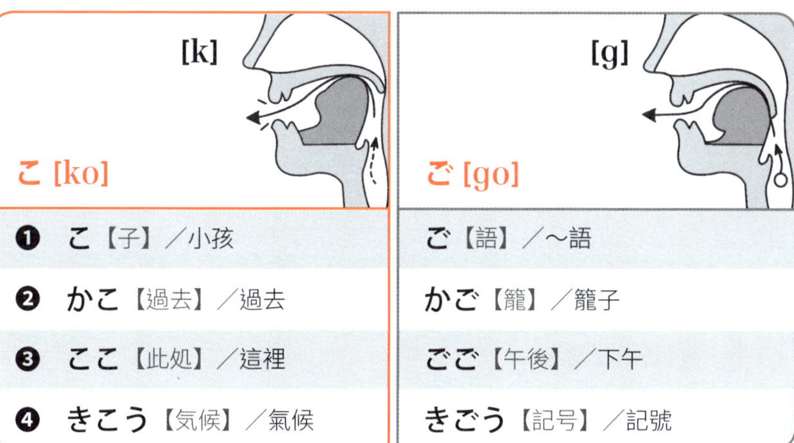

こ [ko]	ご [go]
❶ こ【子】／小孩	ご【語】／～語
❷ かこ【過去】／過去	かご【籠】／籠子
❸ ここ【此処】／這裡	ごご【午後】／下午
❹ きこう【気候】／氣候	きごう【記号】／記號

4 例句說說看

- 濃(こ)い　ココア(ここあ)は　どう？
  要不要喝杯濃濃的可可亞呢？【ココア<cocoa>：可可亞】

- 午後(ごご)は　ここで　会(あ)いましょう。
  我們下午在這裡見面吧。

- 金遣(かねづか)いが　豪快(ごうかい)で　後悔(こうかい)した。
  之前花錢如流水，現在後悔了。

5 繞口令

赤(あか)コカコーラ(こかこおら)　黄(き)コカコーラ(こかこおら)　茶(ちゃ)コカコーラ(こかこおら)。

紅色的可樂、黃色的可樂、褐色的可樂。【コカコーラ<Coca-Cola>：可口可樂】

[sɑ] 的發音

track 11

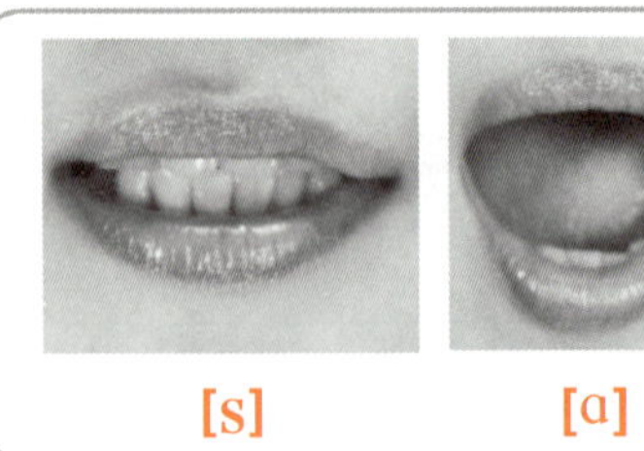

花子超愛「撒」嬌，跟太郎總是甜甜蜜蜜。

1 假名這樣發音

「さ」是子音 **[s]** 跟母音 **[ɑ]** 拼起來的。**[s]** 的發音是上下齒對齊合攏，軟顎抬起，堵住鼻腔通路，舌尖往上接近上齒齦，中間要留一個小小的空隙，再讓氣流從那一個小空隙摩擦而出。不要振動聲帶喔！

2 單字聽了就會

在開頭的單字

- さき【先】／剛剛
- さいふ【財布】／錢包
- さくら【桜】／櫻花
- さしみ【刺身】／生魚片

在中間的單字

- はさみ【鋏】／剪刀
- あいさつ【挨拶】／寒暄
- みなさん【皆さん】／各位
- おかあさん【お母さん】／母親

在字尾的單字

- くさ【草】／草
- かさ【傘】／雨傘

3 發音比比看

さ [sɑ] 的 [s] 舌尖往上接近上齒齦。雙唇自然。ざ [dzɑ] 的 [dz] 舌尖往上好像要接近上齒齦，又不完全接近。雙唇比較緊張。而且 [s] 不要振動聲帶，[dz] 是濁音要振動聲帶。濁音請看「P102 ざ行的發音」。

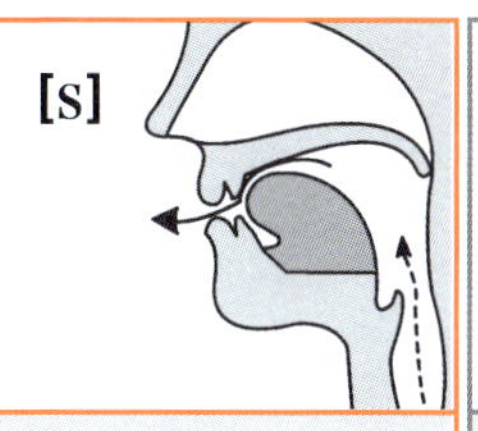

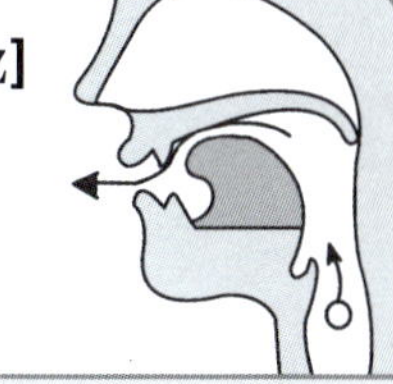

さ [sɑ]	ざ [dzɑ]
❶ さつ【札】／鈔票	ざつ【雑】／雜亂的
❷ さっか【作家】／作家	ざっか【雑貨】／雜物
❸ さいこう【最高】／最棒的	ざいこう【在校】／就讀中
❹ さいさん【再三】／再三地	ざいさん【財産】／財產

4 例句說說看

- さあさあ、お先（さき）に。
  好了好了，我先走囉。

- この 財布（さいふ）、小（ち）さいね。
  這個錢包真小巧呀。

- 今年（ことし）の 三年（さんねん）は 残念（ざんねん）だ。
  今年這屆的三年級生沒考好，令人遺憾。

5 繞口令

傘（かさ）さして、さあ 行（い）こう。

來，把傘撐開，我們走吧。

[ʃi] 的發音

track 12

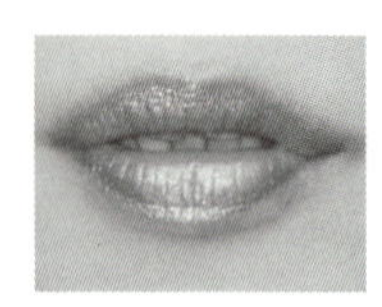

[ʃ]

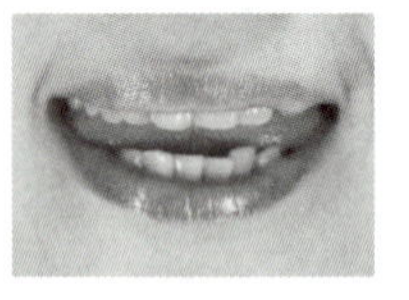

[i]

花子被鳥糞砸到了！好好笑喔！「嘻嘻嘻」！

1 假名這樣發音

「し」是子音 [ʃ] 跟母音 [i] 拼起來的。[ʃ] 的發音是抬起舌葉，讓舌葉接近上齒齦和硬顎，中間要形成一條窄窄的縫隙，讓氣流摩擦而出。雙唇要保持自然。聲帶不要振動喔！

2 單字聽了就會

在開頭的單字

- した【下】／下面
- しかた【仕方】／作法
- しち【七】／七
- しつもん【質問】／問題

在中間的單字

- けしき【景色】／景色
- あんしん【安心】／安心

在字尾的單字

- うし【牛】／牛
- はなし【話】／話題
- はし【橋】／橋
- おととし【一昨年】／前年

3 發音比比看 

し [ʃi] 的 [ʃ] 跟じ [dʒi] 的 [dʒ] 發音方法接近，不同的是 [ʃ] 不要振動聲帶，[dʒ] 要振動聲帶。[ʃ] 像趕貓狗走的「去」，「dʒ」像幾個人的「幾」。

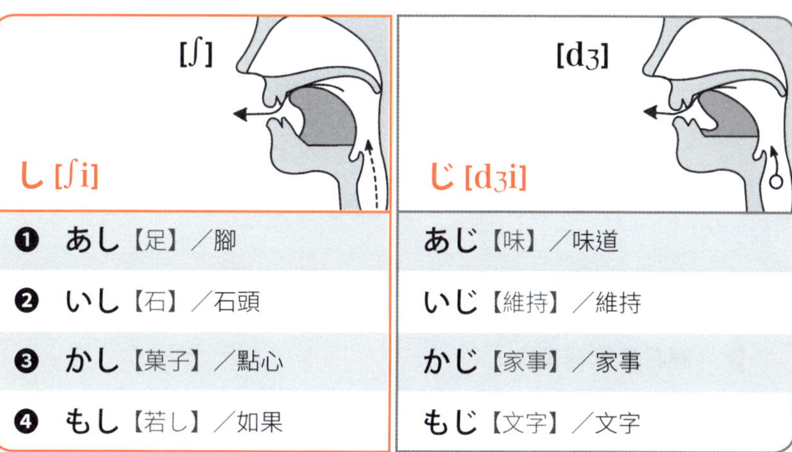

し [ʃi]	じ [dʒi]
❶ あし【足】／腳	あじ【味】／味道
❷ いし【石】／石頭	いじ【維持】／維持
❸ かし【菓子】／點心	かじ【家事】／家事
❹ もし【若し】／如果	もじ【文字】／文字

4 例句說說看 

- 寿司（すし）は　おいしいです。
  壽司很好吃。

- お菓子（かし）を　食（た）べながら、家事（かじ）を　します。
  做家事時，嘴裡邊吃著點心。

5 繞口令 

獅子（しし）の　子（こ）の　子獅子（こじし）。

獅子的孩子是小獅子。

[sɯ] 的發音

track 13

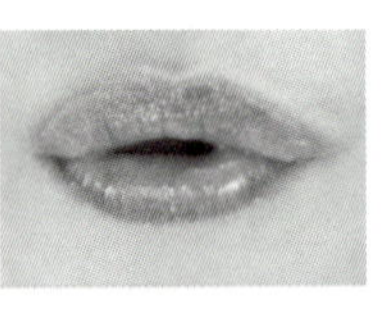

[s]　[ɯ]

木村拓哉對我拋媚眼！
全身茫「酥」酥！！

1 假名這樣發音

「す」是子音 [s] 跟母音 [ɯ] 拼起來的。[s] 的發音是上下齒對齊合攏，軟顎抬起，堵住鼻腔通路，舌尖往上接近上齒齦，中間要留一個小小的空隙，再讓氣流從那一個小空隙摩擦而出。不要振動聲帶喔！

2 單字聽了就會

在開頭的單字

- すし【寿司】／壽司
- すき【好き】／喜歡
- すな【砂】／沙
- すきやき【すき焼き】／壽喜燒
- すみ【隅】／角落
- すこし【少し】／一點點

在中間的單字

- ひるやすみ【昼休み】／午休
- うすい【薄い】／薄的

在字尾的單字

- あす【明日】／明天
- おす【押す】／推壓

3 發音比比看

す [sɯ] 的 [s] 舌尖往上接近上齒齦，氣流再從中間的小空隙摩擦而出。[tsɯ] 的 [ts] 是舌尖頂在上齒齒齦，然後很快放開的 [t] 跟 [s] 的結合音。[s] 跟 [ts] 都不要振動聲帶。

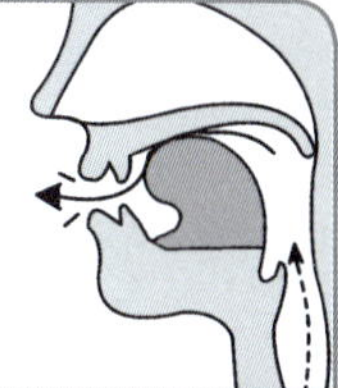

[s] す [sɯ]	[ts] つ [tsɯ]
❶ すいか／西瓜	ついか【追加】／追加
❷ すき【好き】／喜歡	つき【月】／月亮
❸ すぎ【杉】／杉木	つぎ【次】／下一個
❹ する／做～	つる【釣る】／釣（魚）

4 例句說說看

- 大(おお)きい　すいかですね。
  這顆西瓜真大呀。

- 静岡(しずおか)は　とても　静(しず)かです。
  靜岡是個非常寧靜的地方。

- すいかの　追加(ついか)を　しました。
  又加買了一些西瓜。

5 繞口令

お騒(さわ)がせして、すみません。

驚擾各位了，非常抱歉。

せ [se] 的發音

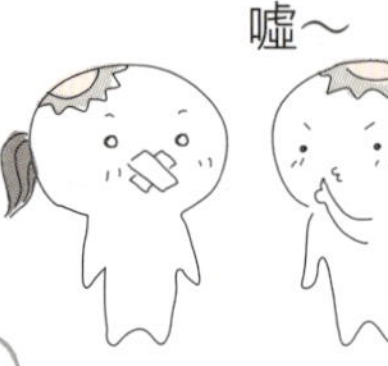

這是我們的秘密，不准「SAY」！

track 14

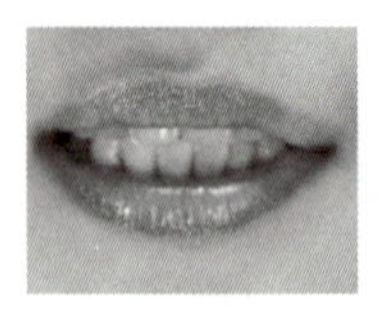

[s]

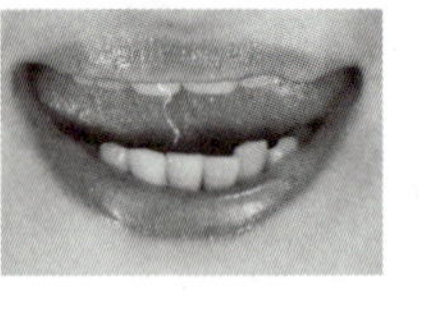

[e]

1 假名這樣發音

「せ」是子音 **[s]** 跟母音 **[e]** 拼起來的。**[s]** 的發音是上下齒對齊合攏，軟顎抬起，堵住鼻腔通路，舌尖往上接近上齒齦，中間要留一個小小的空隙，再讓氣流從那一個小空隙摩擦而出。不要振動聲帶喔！

2 單字聽了就會

在開頭的單字

- せ【背】／身高
- せき【席】／座位
- せいと【生徒】／學生
- せんせい【先生】／老師
- せいかく【性格】／個性
- せんたく【洗濯】／洗滌

在中間的單字

- きせつ【季節】／季節
- しんかんせん【新幹線】／新幹線

在字尾的單字

- みせ【店】／店家
- あせ【汗】／汗水

3 發音比比看

せ [se] 的 [s] 舌尖往上接近上齒齦。雙唇自然。ぜ [dze] 的 [dz] 舌尖往上好像要接近上齒齦，又不完全接近。雙唇比較緊張。而且 [s] 不要振動聲帶，[dz] 要振動聲帶。

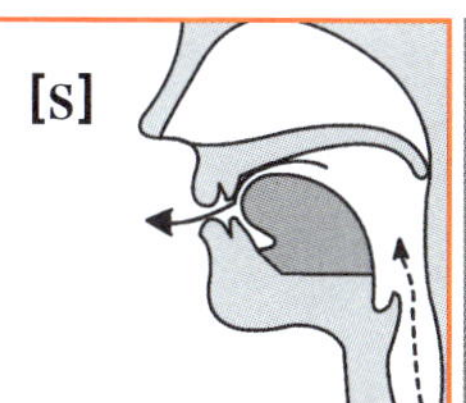

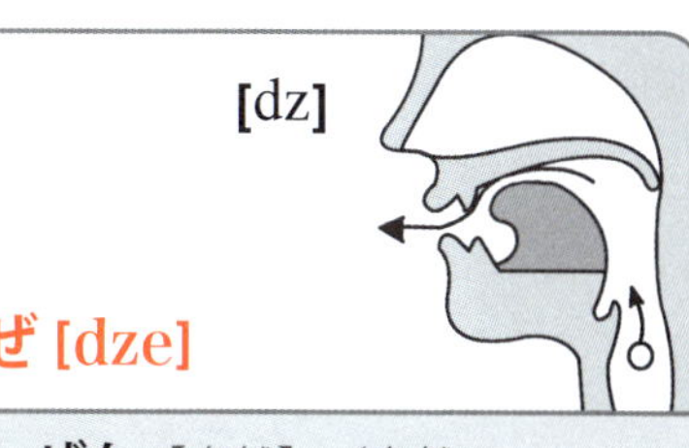

せ [se]	ぜ [dze]
❶ しせん【視線】／視線	しぜん【自然】／自然
❷ せい【姓】／姓氏	ぜい【税】／稅金
❸ せん【線】／線條	ぜん【全】／全部
❹ せったい【接待】／接待	ぜったい【絶対】／絕對

4 例句說說看

- 先生（せんせい）は　いません。
  老師不在這裡。

- これ、学生（がくせい）に　親切（しんせつ）です。
  這個對學生來說很貼心。

- 改選（かいせん）の　後（あと）、改善（かいぜん）した。
  在改選之後，情況有所改善了。

5 繞口令

生徒（せいと）より　先生（せんせい）が　先輩（せんぱい）　せっせと　世話（せわ）やき。

老師比學生更為熱心幫助學長。

[so] 的發音

track 15

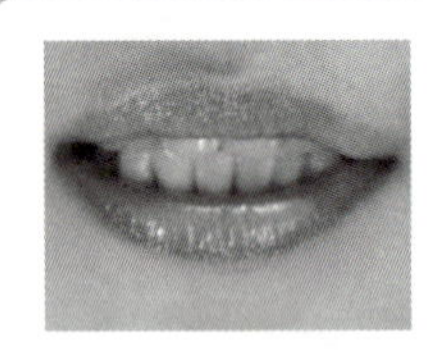

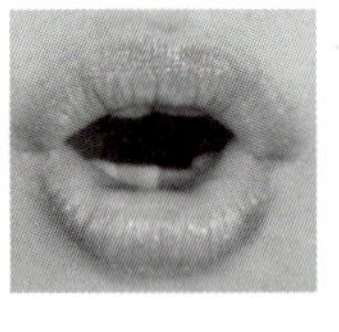

[s]　[o]

冬天的寒風，冷「颼」颼～～～

1 假名這樣發音

「そ」是子音 **[s]** 跟母音 **[o]** 拼起來的。**[s]** 的發音是上下齒對齊合攏，軟顎抬起，堵住鼻腔通路，舌尖往上接近上齒齦，中間要留一個小小的空隙，再讓氣流從那一個小空隙摩擦而出。不要振動聲帶喔！

2 單字聽了就會

在開頭的單字

- そら【空】／天空
- そと【外】／外面
- そふ【祖父】／爺爺
- そうさ【操作】／操作

在中間的單字

- あそこ／那裡
- おそい【遅い】／慢的
- せんそう【戦争】／戰爭
- ほうそう【放送】／播放

在字尾的單字

- うそ【嘘】／謊言
- みそ【味噌】／味噌

平假名

3 發音比比看 

そ [so] 的 [s] 舌尖往上接近上齒齦。ぞ [dzo] 的 [dz] 舌尖往上好像要接近上齒齦，又不完全接近。而且 [s] 不要振動聲帶，[dz] 要振動聲帶。

[s]

そ [so]

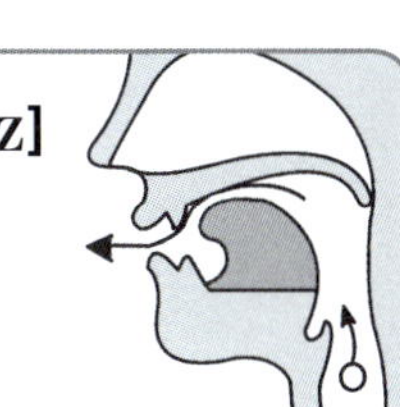

ぞ [dzo]

そ [so]	ぞ [dzo]
❶ そう【層】／層次	ぞう【象】／大象
❷ みそ【味噌】／味噌	みぞ【溝】／水溝
❸ そうり【総理】／總理	ぞうり【草履】／草鞋
❹ かんそう【感想】／感想	かんぞう【肝臓】／肝臟

4 例句說說看 

- そうですか。それは　いいですね。
  這樣嗎？那可真不錯呀。

- そこに　冷蔵庫(れいぞうこ)が　ある。
  那裡有個冰箱。

- 肝臓(かんぞう)と　感想(かんそう)を　間違(まちが)えた。
  把「肝臟」誤繕成「感想」了。

5 繞口令 

そうだ　そうだ。ソーダ(そおだ)　飲(の)んで　飛(と)んだ　そうだ。

對呀對呀！聽說喝了汽水飛上天去了。【ソーダ<soda>：汽水】

[tɑ] 的發音

天氣太潮濕，頭髮都「塌」在臉上。

track 16

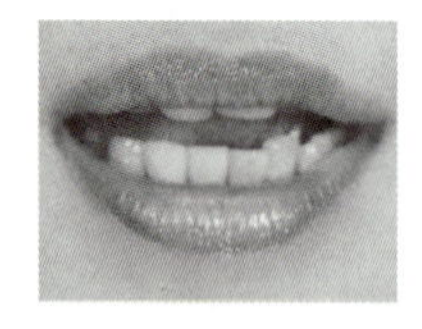

[t]

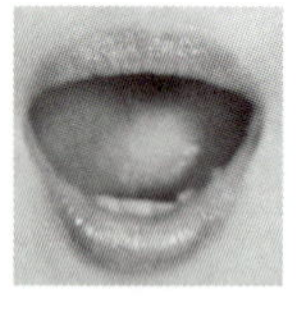

[ɑ]

1 假名這樣發音

「た」是子音 **[t]** 跟母音 **[ɑ]** 拼起來的。**[t]** 的發音是舌尖要頂在上齒根和齒齦之間，然後很快把它放開，讓氣流衝出。不要震動聲帶喔！

2 單字聽了就會

在開頭的單字

- たな【棚】／架子
- たてもの【建物】／建築物
- たかい【高い】／高的
- たたみ【畳】／塌塌米

在中間的單字

- いたい【痛い】／痛的
- おたく【お宅】／府上

在字尾的單字

- うた【歌】／歌曲
- いた【板】／木板
- きた【北】／北邊
- としした【年下】／年少的

3 發音比比看

た [tɑ] 的 [t] 跟だ [dɑ] 的 [d] 發音部位跟方法都是一樣的，不同的是 [t] 不要振動聲帶，[d] 要振動聲帶。

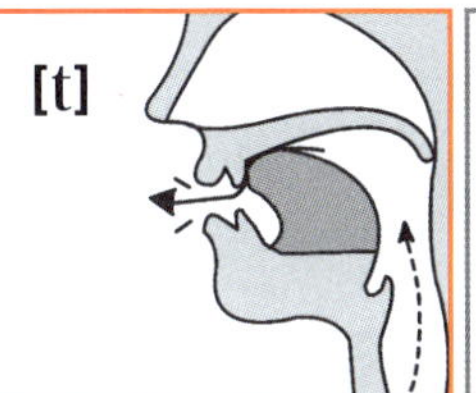

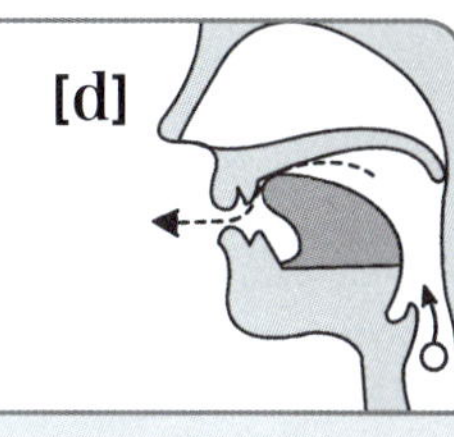

た [tɑ]	だ [dɑ]
❶ たく【炊く】／煮（飯）	だく【抱く】／擁抱
❷ たす【足す】／加上	だす【出す】／拿出
❸ ため【為】／為了～	だめ【駄目】／不行
❹ また【又】／又再～	まだ【未だ】／尚未

4 例句說說看

- いただきます。
  我開動囉。

- 私（わたし）は　田中（たなか）です。
  敝姓田中。

- 団子（だんご）の　単語（たんご）を　覚（おぼ）えた。
  我學會「麻糬丸子」這個單字了。

5 繞口令

竹屋（たけや）に　丈高（たけたか）い　竹掛（たけか）け　掛（か）けた。

竹子店旁倚了根長竹竿。

[tʃi] 的發音

track 17

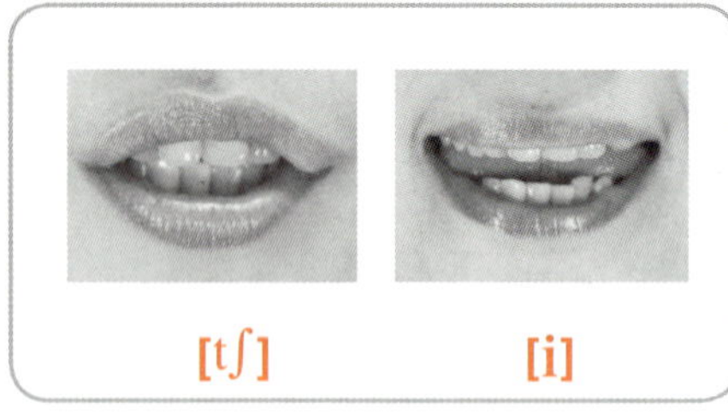

Bonjour!
안녕하세요
こんにちは
你好
Hello
Merhaba
Guten Tag

「七」歲的花子，會說「七」種語言！

1 假名這樣發音

「ち」是子音 [tʃ] 跟母音 [i] 拼起來的。[tʃ] 的發音是讓舌葉頂住上齒齦靠後的部分，把氣流擋起來，然後稍微放開，使氣流從細縫中摩擦而出。不要振動聲帶喔！

2 單字聽了就會

在開頭的單字

- ち【血】／血液
- ちち【父】／爸爸
- ちかく【近く】／附近
- ちかてつ【地下鉄】／地下鐵

在中間的單字

- こちら【此方】／這裡
- いちにち【一日】／一天

在字尾的單字

- いち【一】／一
- かたち【形】／形狀
- かねもち【金持ち】／有錢人
- ついたち【一日】／一號

3 發音比比看

ち [tʃi] 的 [tʃ] 是跟つ [tsɯ] 的 [ts]，發音部位不同在，[tsɯ] 受到母音 [ɯ] 的影響，所以舌位比較前面。[tʃ] 跟 [ts] 都不要振動聲帶。

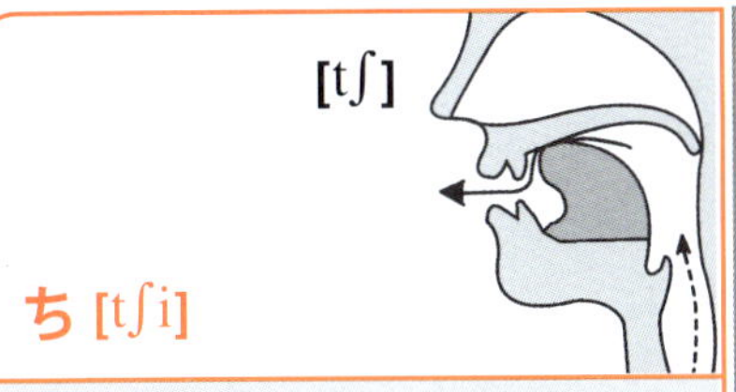

	ち [tʃi]	つ [tsɯ]
❶	ちかう【誓う】／發誓	つかう【使う】／使用
❷	ちみ【地味】／土質	つみ【罪】／罪行
❸	いち【位置】／位置	いつ【何時】／什麼時候
❹	かち【価値】／價值	かつ【勝つ】／勝利

4 例句說說看

- ご馳走様（ちそうさま）。
  謝謝招待。

- 家（うち）は　近（ちか）いです。
  我家離這裡不遠。

- その　試合（しあい）は　勝（か）つ　価値（かち）が　ある。
  那場競賽值得全力爭取勝利。

5 繞口令

地図（ちず）では　近（ちか）い、あちらと　こちら。

這裡和那裡在地圖上看來相距不遠。

[tsɯ] 的發音

這隻豬公被餵得肥「滋」滋。

track 18

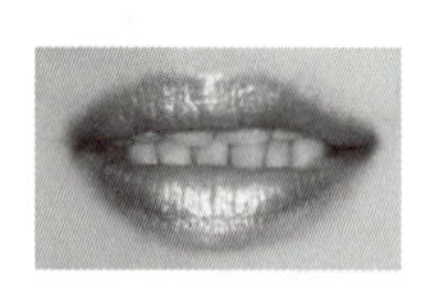

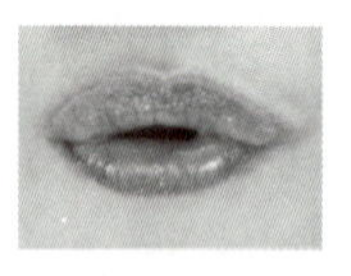

[ɯ]

1 假名這樣發音

「つ」是子音 **[ts]** 跟母音 **[ɯ]** 拼起來的。**[ts]** 的發音是讓舌尖頂住上齒根和上齒齦交界處，把氣流擋起來，然後稍微放開，使氣流從細縫中摩擦而出。不要振動聲帶喔！

2 單字聽了就會

- つき【月】／月亮
- つち【土】／土地
- つま【妻】／妻子
- つえ【杖】／枴杖

在中間的單字

- いつか【五日】／五號
- あつい【暑い】／炎熱的

在字尾的單字

- いつつ【五つ】／五個
- せいかつ【生活】／生活
- にもつ【荷物】／行李
- たいせつ【大切】／重要的

3 發音比比看

つ [tsɯ] 的 [ts] 跟づ [dzɯ] 的 [dz] 發音部位跟方法都是一樣的，不同的是 [ts] 不要振動聲帶，[dz] 要振動聲帶。

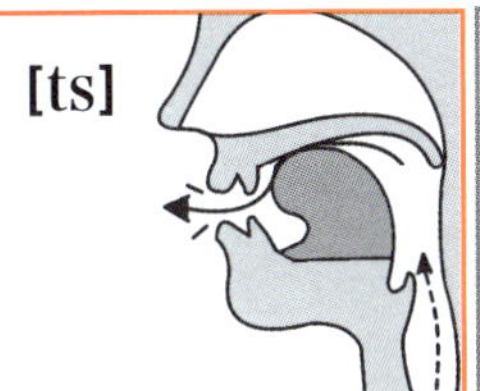

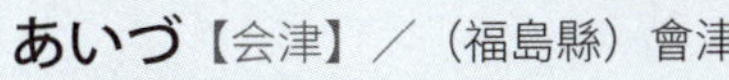

	つ [tsɯ]	づ [dzɯ]
❶	あいつ／那傢伙	あいづ【会津】／（福島縣）會津
❷	いしつ【遺失】／遺失	いしづ【石津】／（大阪）石津
❸	いつつ【五つ】／五個	いづつ【井筒】／井圍
❹	つつく【突く】／戳	つづく【続く】／繼續

4 例句說說看

- ご親切（しんせつ）　ありがとう。
  感謝您的親切相助。

- バス（ばす）は　もうすぐ　つきます。
  巴士即將抵達。【バス<bus>：巴士】

- 杉（すぎ）の　次（つぎ）に　松（まつ）を　植（う）えます。
  種完杉樹以後，現在要來種松樹了。

5 繞口令

啄木鳥（きつつき）　木（き）　つつく、木（き）　傷（きず）つく。

啄木鳥啄樹，啄傷了樹。

[te] 的發音

track 19

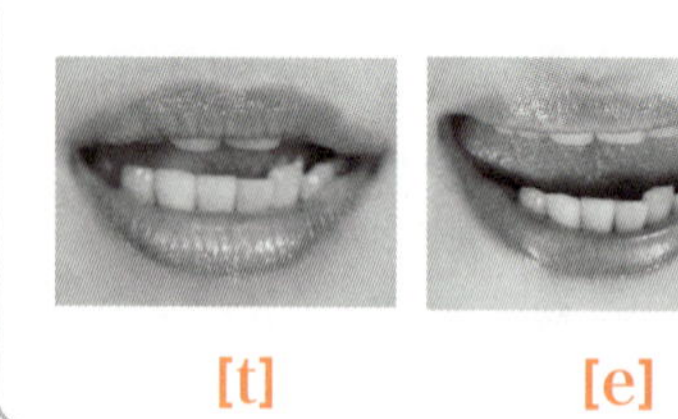

太貴了吧！嚇得「貼」到牆壁上！

1 假名這樣發音

「て」是子音 **[t]** 跟母音 **[e]** 拼起來的。**[t]** 的發音是舌尖要頂在上齒根和齒齦之間，然後很快把它放開，讓氣流衝出。不要震動聲帶喔！

2 單字聽了就會

在開頭的單字

- て【手】／手
- てら【寺】／寺廟
- てつ【鉄】／鐵
- ていか【定価】／定價
- てんいん【店員】／店員
- ていきけん【定期券】／月票

在中間的單字

- すてき【素敵】／美好的
- かてい【家庭】／家庭

在字尾的單字

- あいて【相手】／對方
- かたて【片手】／單手

3 發音比比看

て [te] 的 [t] 跟で [de] 的 [d] 發音部位跟方法都是一樣的，不同的是 [t] 不要振動聲帶，[d] 要振動聲帶。

[t] て [te]	[d] で [de]
❶ てかけ【手掛け】／扶手	でかけ【出かけ】／出門
❷ てんき【天気】／天氣	でんき【電気】／電燈
❸ てんし【天使】／天使	でんし【電子】／電子
❹ てんち【天地】／天地	でんち【電池】／電池

4 例句說說看

- いってきます。
  我要出門了。
- はじめまして、寺元（てらもと）です。
  幸會，敝姓寺元。
- いい　天気（てんき）だ。山田電気（やまだでんき）に　行（い）こう。
  今天天氣很好，我們去山田電器行吧。

5 繞口令

てんてん　手（て）まりが　手（て）あかで　てかてか。

朵朵繡球花呀，被手把玩得亮晶晶。

と [to] 的發音

track 20

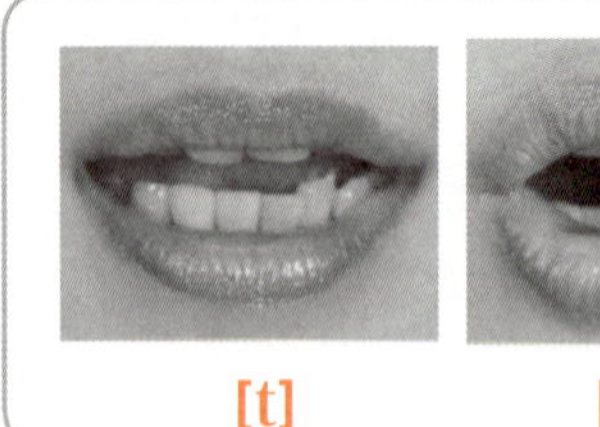

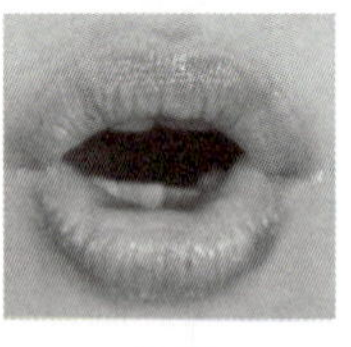

[t] [o]

小偷偷偷摸摸地「偷」東西。

1 假名這樣發音

「と」是子音 **[t]** 跟母音 **[o]** 拼起來的。**[t]** 的發音是舌尖要頂在上齒根和齒齦之間，然後很快把它放開，讓氣流衝出。不要震動聲帶喔！

2 單字聽了就會

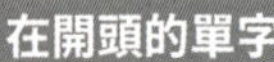

在開頭的單字

- と【戸】／門
- とおか【十日】／十號
- とけい【時計】／時鐘
- とうふ【豆腐】／豆腐
- ところ【所】／場所
- とりにく【鳥肉】／雞肉

在中間的單字

- ことし【今年】／今年
- ほんとう【本当】／真的

在字尾的單字

- ひと【人】／人
- おと【音】／（物）聲音

平假名

3 發音比比看

と [to] 的 [t] 跟ど [do] 的 [d] 發音部位跟方法都是一樣的，不同的是 [t] 不要振動聲帶，[d] 要振動聲帶。

[t] と [to]	[d] ど [do]
❶ いと【糸】／線	いど【井戸】／井
❷ とる【取る】／拿	どる【ドル】／美金
❸ けいと【毛糸】／毛線	けいど【経度】／經度
❹ かんとう【関東】／關東	かんどう【感動】／感動

4 例句說說看

- ちょっと　お願(ねが)い。
  不好意思，想麻煩你一下。

- 土佐(とさ)で　茶道(さどう)を　教(おし)えた。
  我在土佐教過茶道。

- 井戸(いど)に　糸(いと)を　落(お)とした。
  把線段掉到水井裡了。

5 繞口令

おっとっと、鳩(はと)と　蜻蛉(とんぼう)に　突然(とつぜん)の　突風(とっぷう)。

哎呀呀，鴿子和蜻蜓被一陣疾風吹得翻滾滾。

[nɑ] 的發音

track 21♫

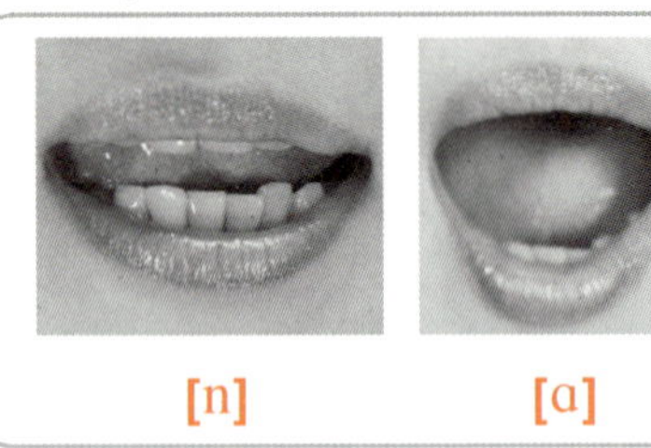

他輕鬆奪得兩次奧運游泳冠軍，真了不起「哪」！

1 假名這樣發音

「な」是子音 **[n]** 跟母音 **[ɑ]** 拼起來的。**[n]** 的發音是嘴巴張開，舌尖頂住上牙齦，把氣流擋起來，讓氣流從鼻腔跑出來。要振動聲帶喔！

2 單字聽了就會

在開頭的單字

- なか【中】／中間
- なく【泣く】／哭泣
- なつ【夏】／夏天
- ななつ【七つ】／七個
- なす【茄子】／茄子
- なまえ【名前】／名字

在中間的單字

- おなか【お腹】／肚子
- はなみ【花見】／賞花

在字尾的單字

- おんな【女】／女人
- さかな【魚】／魚

3 發音比比看

な [nɑ] 的 [n] 是舌尖頂住上牙齦，把氣流擋起來，讓氣流從鼻腔跑出來。而ら [rɑ] 的 [r] 是日語特有的彈音，把舌尖翹起來輕輕碰上齒齦與硬顎，在氣流沖出時，輕彈一下！ [n] 跟 [r] 都要振動聲帶。

[n]

な [nɑ]

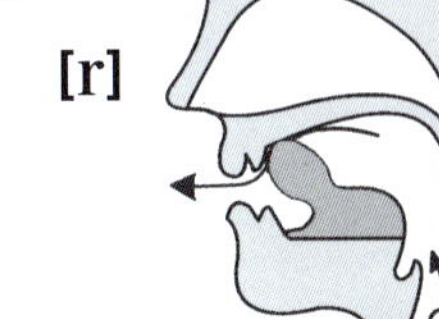

ら [rɑ]

	な [nɑ]	ら [rɑ]
❶	なく【泣く】／哭泣	らく【楽】／輕鬆的
❷	なん【難】／困難	らん【乱】／混亂
❸	いない【以内】／～以內	いらい【以来】／～以來
❹	かない【家内】／妻子	からい【辛い】／辣的

4 例句說說看

- さようなら。
  再見。

- 仕事(しごと)は　楽(らく)で　泣(な)く　ことは　ない。
  工作輕鬆，從不叫苦。

- 開業以来(かいぎょういらい)、2年以内(にねんいない)に　黒字(くろじ)に　なった。
  從開業以後，不到兩年的時間就轉虧為盈了。

5 繞口令

ばななが　7本(ななほん)で　なな　ばなな。

七根香蕉叫做七蕉。

[ɲi] 的發音

摔了一跤掉進田裡，全身都是「泥」巴！

track 22

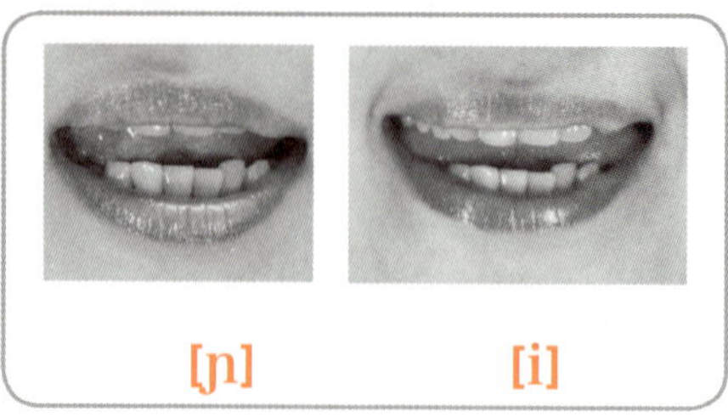

1 假名這樣發音

「に」是子音 [ɲ] 跟母音 [i] 拼起來的。[ɲ] 的發音是舌面隆起，有些靠後面的硬顎，讓舌面的中部抵住硬顎，舌尖能碰到下齒，把氣流擋起來，讓氣流從鼻腔跑出來。要振動聲帶喔！

2 單字聽了就會

在開頭的單字

- にく【肉】／肉
- にわ【庭】／庭院
- にし【西】／西邊
- におい【匂い】／味道
- にかい【二回】／兩次
- にんき【人気】／有聲望的

在中間的單字

- おにいさん【お兄さん】／哥哥
- まいにち【毎日】／每天

在字尾的單字

- くに【国】／國家
- おに【鬼】／鬼

3 發音比比看

に [ɲi] 的 [ɲ] 是讓舌面的中部抵住硬顎，讓氣流從鼻腔跑出來的中舌鼻音。り [ri] 的 [r] 是把尖翹起來，輕輕彈一下上齒齦與硬顎的彈音。[ɲ] 跟 [r] 都要振動聲帶。

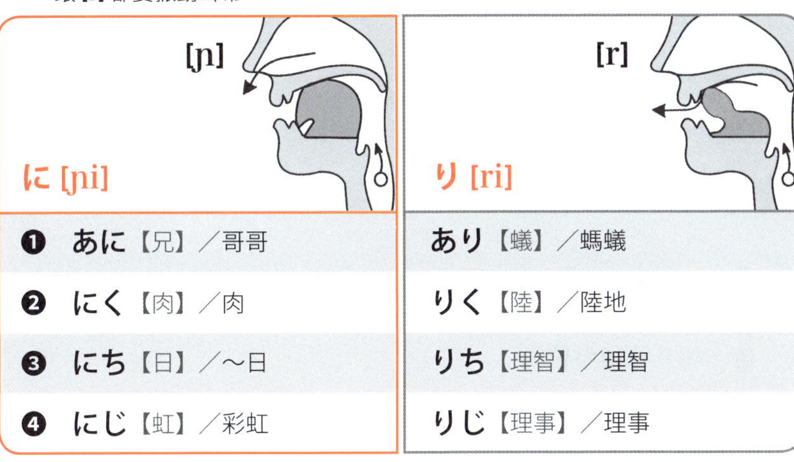

に [ɲi]	り [ri]
❶ あに【兄】／哥哥	あり【蟻】／螞蟻
❷ にく【肉】／肉	りく【陸】／陸地
❸ にち【日】／～日	りち【理智】／理智
❹ にじ【虹】／彩虹	りじ【理事】／理事

例句說說看

- ここに　何（なに）も　ない。
  這裡一片荒蕪。

- 兄（あに）が　ありを　食（た）べた。
  哥哥把一隻螞蟻吞下肚了。

- 二回（にかい）　読（よ）んで　理解（りかい）した。
  反覆讀誦兩次以後就明白了語意。

5 繞口令

すずめが　二羽（にわ）、庭（にわ）に　来（き）て　いました。

兩隻小麻雀，飛到了庭園裡。

ぬ [nɯ] 的發音

track 23

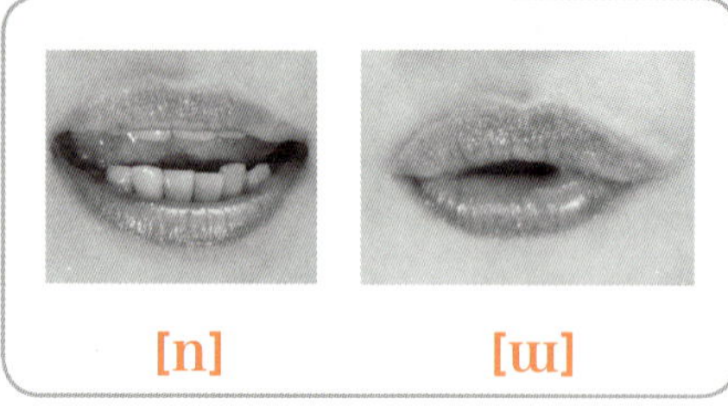

「努」力一定會有結果！

1 假名這樣發音

「ぬ」是子音 **[n]** 跟母音 **[ɯ]** 拼起來的。**[n]** 的發音是嘴巴張開，舌尖頂住上牙齦，把氣流擋起來，讓氣流從鼻腔跑出來。要振動聲帶喔！

2 單字聽了就會

在開頭的單字

- ぬの【布】／布料
- ぬう【縫う】／縫紉
- ぬる【塗る】／塗抹
- ぬすむ【盗む】／盜竊
- ぬく【抜く】／穿越
- ぬれる【濡れる】／淋濕

在中間的單字

- たぬき【狸】／狸貓
- いぬかき【犬掻き】／狗爬式

在字尾的單字

- いぬ【犬】／狗
- きぬ【絹】／絹

3 發音比比看

ぬ [nɯ] 的 [n] 是舌尖頂住上牙齦，把氣流擋起來，讓氣流從鼻腔跑出來。而る [rɯ] 的 [r] 是日語特有的彈音，把舌尖翹起來輕輕碰上齒齦與硬顎，在氣流沖出時，輕彈一下！ [n] 跟 [r] 都要振動聲帶。

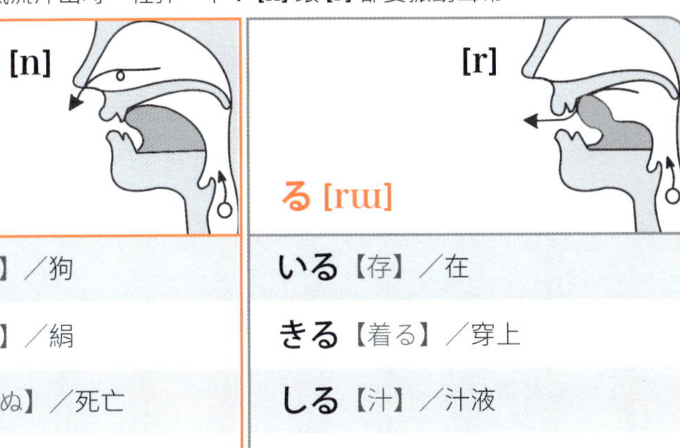

ぬ [nɯ]	る [rɯ]
❶ いぬ【犬】／狗	いる【存】／在
❷ きぬ【絹】／絹	きる【着る】／穿上
❸ しぬ【死ぬ】／死亡	しる【汁】／汁液
❹ ぬい【縫い】／縫（紉）	るい【類】／種類

4 例句說說看

- 猫（ねこ）と　犬（いぬ）が　好（す）きです。
  我喜歡貓和狗。

- あの　汁（しる）は　死（し）ぬほど　まずい。
  那道湯品真是難吃得要命。

- 憧（あこが）れの　絹（きぬ）の　着物（きもの）を　着（き）ることが　できた。
  終於得以穿上夢寐以求的綢緞和服了。

5 繞口令

濡（ぬ）れた　絹（きぬ）の　着物（きもの）を　脱（ぬ）ぐ　娘（むすめ）。

正在褪去濡濕綢緞和服的女孩。

ね [ne] 的發音

track 24

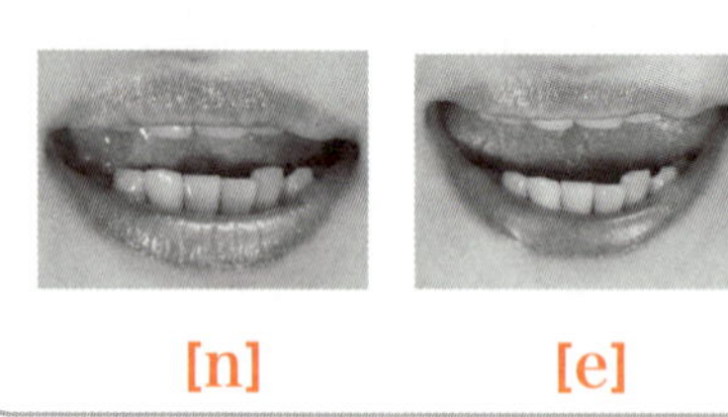

不要氣「餒」！下次再加油就好了！

1 假名這樣發音

「ね」是子音 **[n]** 跟母音 **[e]** 拼起來的。**[n]** 的發音是嘴巴張開，舌尖頂住上牙齦，把氣流擋起來，讓氣流從鼻腔跑出來。要振動聲帶喔！

2 單字聽了就會

在開頭的單字

- ねる【寝る】／睡覺
- ねつ【熱】／熱度
- ねん【年】／～年
- ねこ【猫】／貓

在中間的單字

- ていねい【丁寧】／細心的
- さらいねん【再来年】／後年

在字尾的單字

- あね【姉】／姊姊
- たね【種】／種子
- ふね【船】／船
- おかね【お金】／金錢

3 發音比比看

ね [ne] 的 [n] 是舌尖頂住上牙齦，把氣流擋起來，讓氣流從鼻腔跑出來。而れ [re] 的 [r] 是日語特有的彈音，把舌尖翹起來輕輕碰上齒齦與硬顎，在氣流沖出時，輕彈一下！ [n] 跟 [r] 都要振動聲帶。

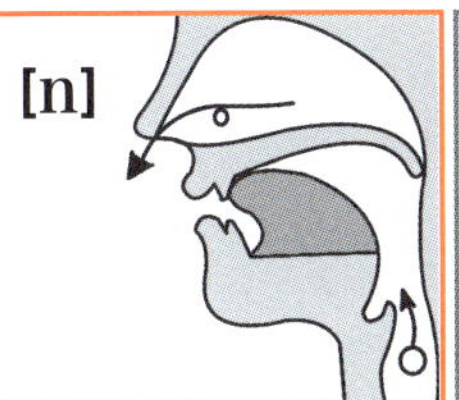

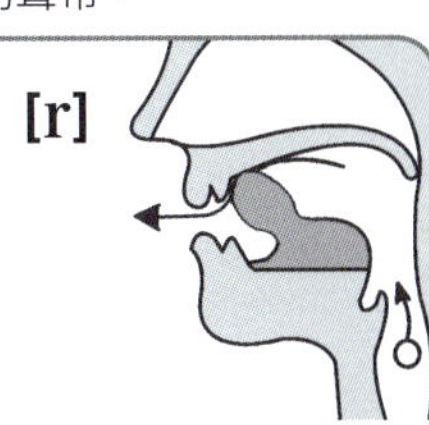

ね [ne]	れ [re]
❶ あね【姉】／姊姊	あれ／那個
❷ ねつ【熱】／發燒	れつ【列】／行列
❸ ねん【年】／～年	れん【連】／連續
❹ ねんが【年賀】／恭賀新年	れんが【煉瓦】／磚塊

4 例句說說看

- ねえ、生(う)まれ変(か)わっても、一緒(いっしょ)に　なろうね。
  哎，我們下輩子還要在一起喔。

- 年賀状(ねんがじょう)に　煉瓦(れんが)の　家(いえ)を　書(か)いた。
  在賀年卡上畫了個以磚塊砌成的房子。

- 「年収(ねんしゅう)」の　発音(はつおん)を　練習(れんしゅう)して　いる。
  正在練習「年薪」的發音。

5 繞口令

猫板(ねこいた)の　ねずみを　狙(ねら)って　いる　猫(ねこ)の　子(こ)。

小貓咪正蓄勢準備捉補在火盆旁蓋上的老鼠。

[no] 的發音

track 25

姊姊在減肥，跟甜食說：「NO ！」

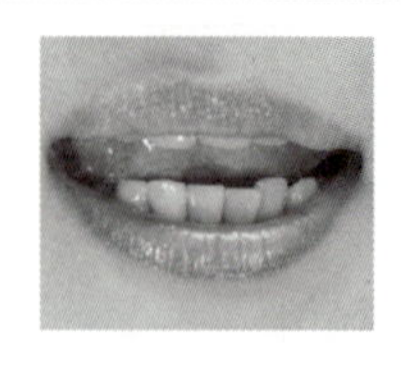

[n]

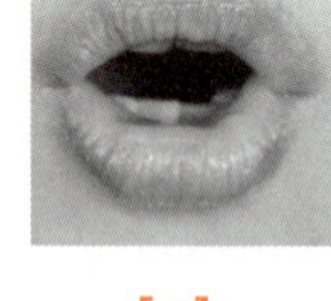

[o]

1 假名這樣發音

「の」是子音 **[n]** 跟母音 **[o]** 拼起來的。**[n]** 的發音是嘴巴張開，舌尖頂住上牙齦，把氣流擋起來，讓氣流從鼻腔跑出來。要振動聲帶喔！

2 單字聽了就會

在開頭的單字

- のる【乗る】／搭乘
- のうふ【農夫】／農夫
- のう【脳】／頭腦
- のみもの【飲み物】／飲料
- のり【海苔】／海苔
- のりもの【乗り物】／交通工具

在中間的單字

- きのう【昨日】／昨天
- ここのか【九日】／九號

在字尾的單字

- しなもの【品物】／物品
- つの【角】／角

3 發音比比看

の [no] 的 [n] 是舌尖頂住上牙齦，把氣流擋起來，讓氣流從鼻腔跑出來。而ろ [ro] 的 [r] 是日語特有的彈音，把舌尖翹起來輕輕碰上齒齦與硬顎，在氣流沖出時，輕彈一下！ [n] 跟 [r] 都要振動聲帶。

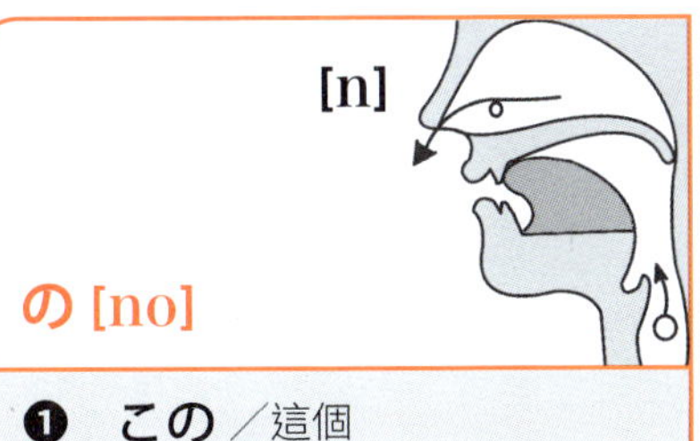

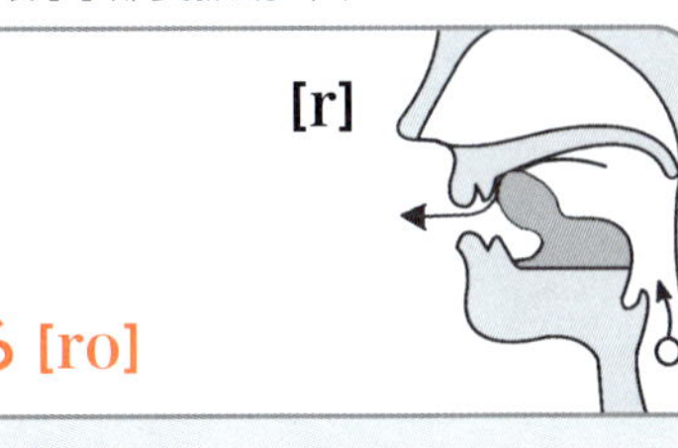

の [no]	ろ [ro]
❶ この／這個	ころ【頃】／～時候
❷ のう【脳】／頭腦	ろう【老】／年老
❸ かのう【可能】／可能	かろう【過労】／過度疲勞
❹ くのう【苦悩】／苦惱	くろう【苦労】／辛勞

4 例句說說看

- 昨日(きのう)の 夜(よる)は 楽(たの)しかったね。
  昨天晚上玩得真開心呀。

- 老父(ろうふ)は 村(むら)の 農夫(のうふ)で あった。
  年邁的父親曾是村子裡的農夫。

- 昨日(きのう)は 髪(かみ)を 切(き)ろうかと 思(おも)った。
  我昨天晚上本來打算去剪頭髮。

5 繞口令

野(の)には 野(の)の 草(くさ)、名(な)の ない 草(くさ)。

原野裡的野草是不知名的小草。

[hɑ] 的發音

中樂透，樂得笑哈「哈」！

track 26

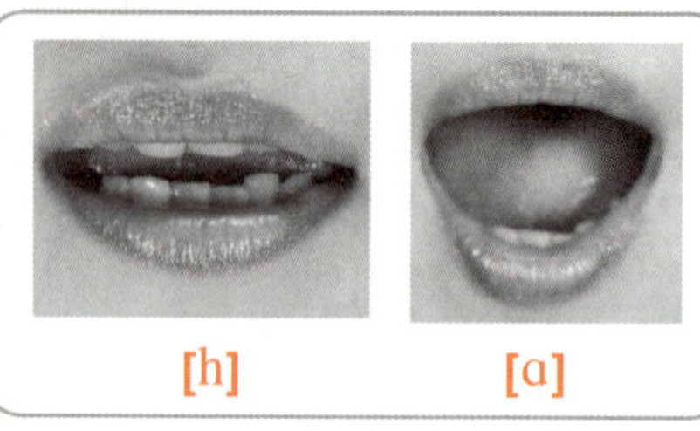

1 假名這樣發音

「は」是子音 **[h]** 跟母音 **[ɑ]** 拼起來的。**[h]** 的發音是嘴巴輕鬆張開，再改成後面的母音的嘴形（如 **[hɑ]** 就是 **[ɑ]** 的嘴形），然後讓氣流從聲門摩擦而出，不要振動聲帶喔！

2 單字聽了就會

在開頭的單字

- は【葉】／葉子
- はな【花】／花朵
- はこ【箱】／箱子
- はは【母】／媽媽
- はし【箸】／筷子
- はたち【二十歳】／二十歲

在中間的單字

- こうはい【後輩】／晚輩
- すいはんき【炊飯器】／電鍋

在字尾的單字

- このは【木の葉】／樹葉
- せいは【制覇】／稱霸

3 發音比比看

は [hɑ] 的 [h] 發音時，嘴要張開，讓氣流從聲門摩擦而出，發音器官要盡量放鬆，呼氣不要太強。ば [bɑ] 的 [b] 雙唇要緊閉形成阻塞，然後讓氣流衝破阻塞而出。另外，[h] 不要振動聲帶，[b] 要振動聲帶。

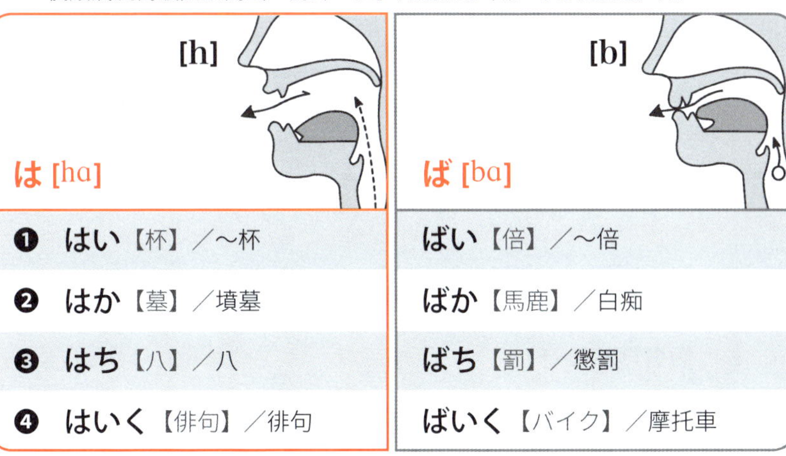

は [hɑ]	ば [bɑ]
❶ はい【杯】／～杯	ばい【倍】／～倍
❷ はか【墓】／墳墓	ばか【馬鹿】／白痴
❸ はち【八】／八	ばち【罰】／懲罰
❹ はいく【俳句】／俳句	ばいく【バイク】／摩托車

4 例句說說看

- はじめまして、橋本八子（はしもとはちこ）です。
  幸會，我是橋本八子。

- バイク（ばいく）の　俳句（はいく）を　作（つく）りました。
  我以摩托車為題，做了一首俳句。【バイク<bike>：摩托車】

- 墓（はか）は　静（しず）かで、馬鹿（ばか）は　うるさい。
  逝者闃然無聲，愚者叨絮碎嘴。

5 繞口令

母（はは）は　「ふふふふ」　母（はは）の　母（はは）は　「ほほほほ」。

媽媽嘻嘻笑，外婆呵呵笑。

[çi] 的發音

track 27

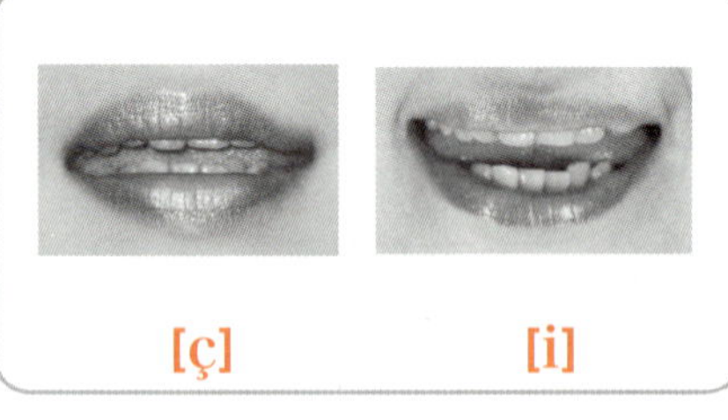

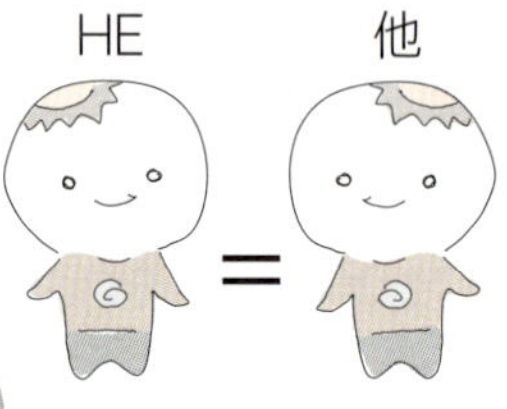

「HE」就是他，他就是「HE」！

1 假名這樣發音

「ひ」是子音 **[ç]** 跟母音 **[i]** 拼起來的。**[ç]** 的發音是舌尖微向下，中舌面鼓起接近硬顎，形成一條狹窄的縫隙，使氣流從中間的縫隙摩擦而出，嘴形近似母音的 **[i]**。不要振動聲帶喔！

2 單字聽了就會

在開頭的單字

- ひ【火】／火
- ひくい【低い】／低的
- ひま【暇】／空閒時間
- ひとつき【一月】／一個月
- ひふ【皮膚】／皮膚
- ひこうき【飛行機】／飛機

在中間的單字

- おひる【お昼】／中午
- うたひめ【歌姫】／歌姬

在字尾的單字

- あさひ【朝日】／朝陽
- せいかつひ【生活費】／生活費

3 發音比比看

ひ [çi] 的 [ç] 中舌面要鼓起接近硬顎，使氣流從中間摩擦而出。し [ʃi] 的 [ʃ] 舌葉抬起接近上齒齦和硬顎，讓氣流從這一條狹窄的縫隙摩擦而出。[ç] 跟 [ʃ] 都不要振動聲帶。

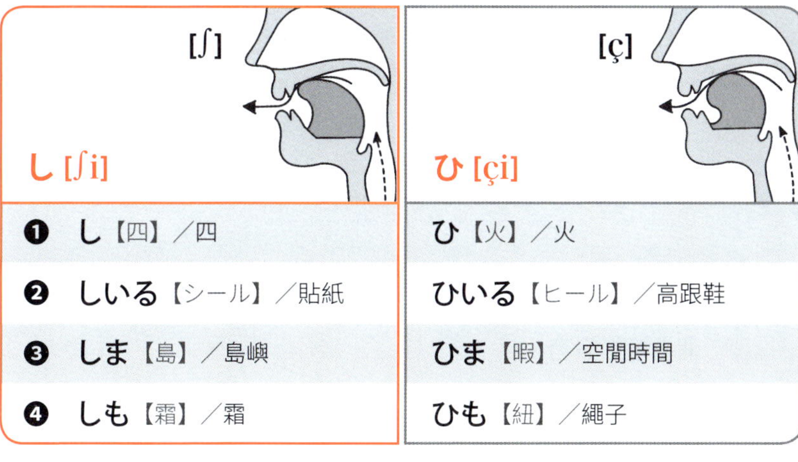

し [ʃi]	ひ [çi]
❶ し【四】／四	ひ【火】／火
❷ しいる【シール】／貼紙	ひいる【ヒール】／高跟鞋
❸ しま【島】／島嶼	ひま【暇】／空閒時間
❹ しも【霜】／霜	ひも【紐】／繩子

4 例句說說看

- その　日(ひ)は　死(し)を　見(み)た。
  那一天，死神敲門了。

- ししと　ひひを　見(み)ました。
  我看到了獅子和狒狒。

- 肥料(ひりょう)の　資料(しりょう)を　集(あつ)めました。
  彙集了肥料的相關資料。

5 繞口令

平凡(へいぼん)な　日々(ひび)に　火(ひ)を　灯(とぼ)して　くれる。

在我平淡的生活裡點燃燦爛的火花。

[ɸɯ] 的發音

track 28

[ɸ]

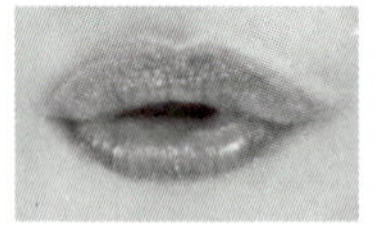

[ɯ]

「呼」呼把熱湯吹涼後再喝。

1 假名這樣發音

「ふ」是子音 **[ɸ]** 跟母音 **[ɯ]** 拼起來的。**[ɸ]** 的發音可以想像一下吹蠟燭！也就是雙唇靠近形成細縫，使氣流從雙唇間摩擦而出。不要振動聲帶！要注意嘴唇不可以太圓喔！

2 單字聽了就會

在開頭的單字

- ふく【服】／衣服
- ふたつ【二つ】／兩個
- ふろ【風呂】／浴室
- ふくろ【袋】／袋子
- ふとん【布団】／棉被
- ふうとう【封筒】／信封

在中間的單字

- おうふく【往復】／往返
- たいふう【台風】／颱風

在字尾的單字

- そふ【祖父】／爺爺
- ふうふ【夫婦】／夫婦

3 發音比比看

平假名

ふ [ɸɯ] 的 [ɸ] 雙唇接近形成縫隙，讓氣流從中間摩擦而出。ぶ [bɯ] 的 [b] 雙唇要緊閉形成阻塞，然後讓氣流衝破阻塞而出。[ɸ] 不要振動聲帶，[b] 要振動聲帶。

[ɸ]

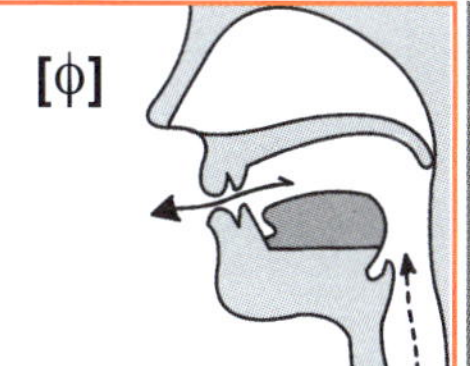

ふ [ɸɯ]

[b]

ぶ [bɯ]

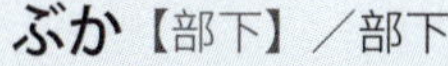

ふ [ɸɯ]	ぶ [bɯ]
❶ ふか【不可】／不行	ぶか【部下】／部下
❷ ふし【節】／竹節	ぶし【武士】／武士
❸ ふん【分】／～分	ぶん【文】／文章
❹ ふかい【深い】／深的	ぶかい【部会】／各部門會議

4 例句說說看

- ふうふう　吹(ふ)いた。
  使勁地呼呼吹氣。

- 豚肉(ぶたにく)を　入(い)れて　蓋(ふた)を　して　ください。
  請將豬肉放入鍋裡後蓋上鍋蓋。

- 今回(こんかい)は　部下(ぶか)の　参加(さんか)が　不可(ふか)でした。
  這次不允許部屬的參與。

5 繞口令

福助(ふくすけ)　福助(ふくすけ)　福袋(ふくぶくろ)、ふくふく　かついで　福袋(ふくぶくろ)。

福助福助的福袋，揹著圓滾滾的大福袋。

[he] 的發音

夏天到海邊玩，曬得好「黑」喔！

track 29

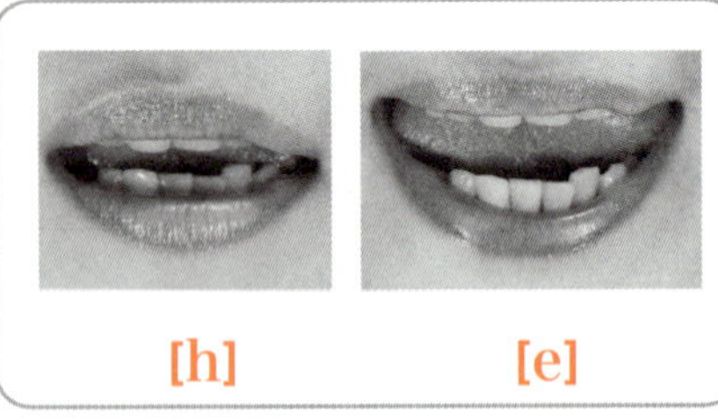

1 假名這樣發音

「へ」是子音 **[h]** 跟母音 **[e]** 拼起來的。**[h]** 的發音是嘴巴輕鬆張開，再改成後面的母音的嘴形（如 **[he]** 就是 **[e]** 的嘴形），然後讓氣流從聲門摩擦而出，不要振動聲帶喔！

2 單字聽了就會

在開頭的單字

- へた【下手】／不擅長
- へや【部屋】／房間
- へい【塀】／圍牆
- へん【変】／奇怪
- へいわ【平和】／和平
- へいせい【平成】／平成

在中間的單字

- おへそ【お臍】／肚臍
- すいへい【水平】／水平

在字尾的單字

- えへへ／（笑聲）嘻嘻
- くにへ【国辺】／國家

平假名

3 發音比比看

へ [he] 的 [h] 發音時，嘴要張開，讓氣流從聲門摩擦而出，發音器官要盡量放鬆，呼氣不要太強。べ [be] 的 [b] 雙唇要緊閉形成阻塞，然後讓氣流衝破阻塞而出。另外，[h] 不要振動聲帶，[b] 要振動聲帶。

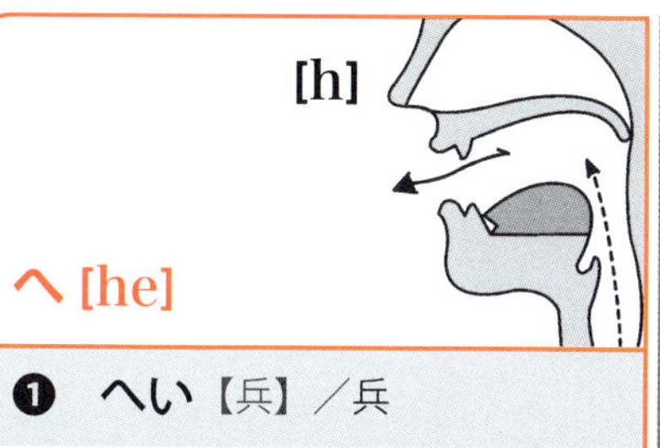

へ [he]

[b]

べ [be]

へ [he]	べ [be]
❶ へい【兵】／兵	べい【米】／美國的
❷ へき【壁】／圍牆	べき／應當
❸ へん【辺】／一帶	べん【弁】／花瓣
❹ へいか【平価】／平價	べいか【米価】／米價

4 例句說說看

- 私(わたし)は　部屋(へや)掃除(そうじ)が　下手(へた)です。
  我不擅於打掃房間。

- 米軍(べいぐん)の　兵(へい)は　戦(たたか)って　います。
  美軍士兵正在作戰。

- 弁当(べんとう)、返答(へんとう)、ありがとう。
  謝謝你的便當和答覆。

5 繞口令

へえと　言(ゆ)う　返事(へんじ)も　変(へん)な　兵隊(へいたい)。

古怪的士兵給了個不置可否的回答。

ほ [ho] 的發音

track 30

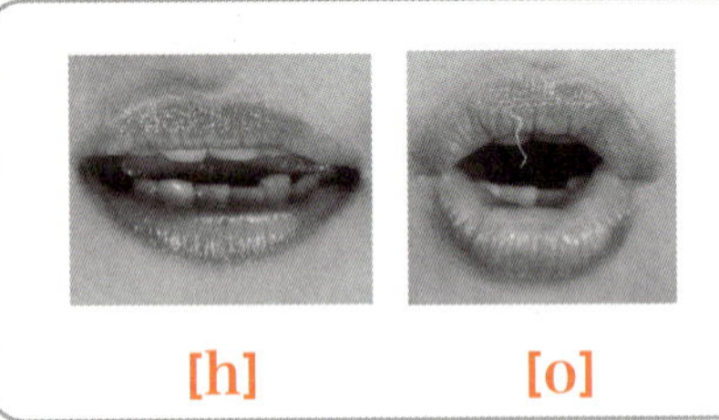

1 假名這樣發音

「ほ」是子音 **[h]** 跟母音 **[o]** 拼起來的。**[h]** 的發音是嘴巴輕鬆張開，再改成後面的母音的嘴形（如 **[ho]** 就是 **[o]** 的嘴形），然後讓氣流從聲門摩擦而出，不要振動聲帶喔！

2 單字聽了就會

在開頭的單字

- ほか【外】／其他
- ほん【本】／書
- ほし【星】／星星
- ほね【骨】／骨頭
- ほそい【細い】／細的
- ほうりつ【法律】／法律

在中間的單字

- にほん【日本】／日本
- かいほう【解放】／解放

在字尾的單字

- とほ【徒歩】／徒步
- こうほ【候補】／候補

3 發音比比看

ほ [ho] 的 [h] 發音時，嘴要張開，讓氣流從聲門摩擦而出，發音器官要盡量放鬆，呼氣不要太強。ぼ [bo] 的 [b] 雙唇要緊閉形成阻塞，然後讓氣流衝破阻塞而出。另外，[h] 不要振動聲帶，[b] 要振動聲帶。

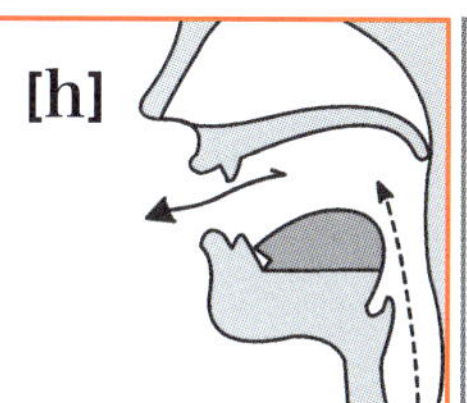

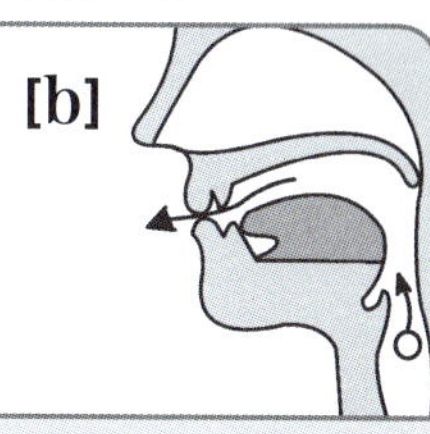

ほ [ho]	ぼ [bo]
❶ ほう【法】／法律	ぼう【棒】／棒子
❷ ほほ【頰】／臉頰	ほぼ【略】／大略地
❸ ほうか【放火】／放火	ぼうか【防火】／防火
❹ ほうこう【方向】／方向	ぼうこう【暴行】／暴力行為

4 例句說說看

- 北海道(ほっかいどう)で　骨(ほね)を　折(お)った。
  我在北海道受傷骨折了。

- ぼくは　水(みず)が　ほしいです。
  我想要喝水。

- 補修(ほしゅう)できる　人材(じんざい)を　募集(ぼしゅう)して　いる。
  公司正在招募擅長修繕的人才。

5 繞口令

あっはははは、いっひひひひ、うっふふふふ、えっへへへへ、おっほほほほ。

啊～哈哈哈哈、咿～嘻嘻嘻嘻、唔～呼呼呼呼、耶～嘿嘿嘿嘿、喔～呵呵呵呵。

[mɑ] 的發音

「媽」媽問說：真的是這樣嗎？

track 31

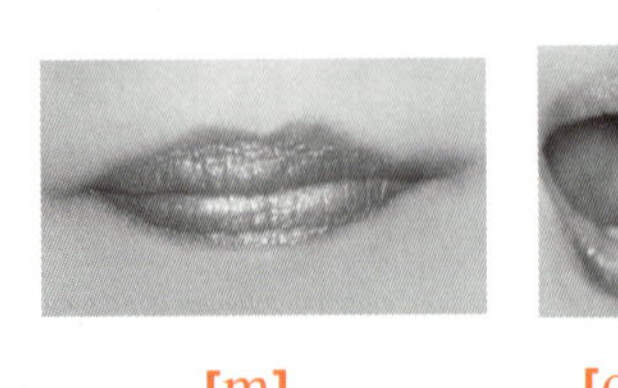

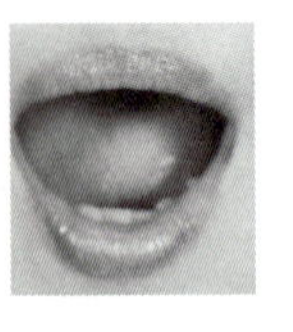

[m] [ɑ]

1 假名這樣發音

「ま」是子音 **[m]** 跟母音 **[ɑ]** 拼起來的。**[m]** 的發音是緊緊地閉住兩唇，把嘴裡的氣流給堵起來，讓氣流從鼻腔跑出來。要振動聲帶喔。

2 單字聽了就會

在開頭的單字

- まえ【前】／前面
- まくら【枕】／枕頭
- まつり【祭】／祭典
- まんねんひつ【万年筆】／鋼筆

在中間的單字

- あまい【甘い】／甜的
- したまち【下町】／工商業者居住區

在字尾的單字

- いま【今】／現在
- しま【島】／島嶼
- あたま【頭】／頭
- ひるま【昼間】／中午

3 發音比比看

ま [mɑ] 的 [m] 雙唇緊閉形成阻塞，讓氣流從鼻腔流出。ば [bɑ] 的 [b] 雙唇要緊閉形成阻塞，然後讓氣流衝破阻塞而出。另外，[m] 和 [b] 都要振動聲帶。

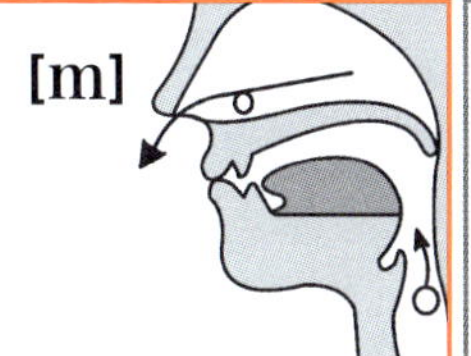 ま [mɑ]	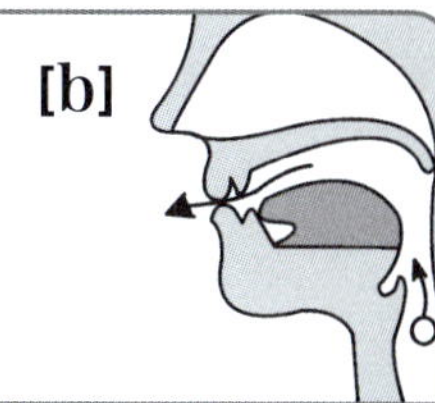 ば [bɑ]
❶ まい【毎】／每～	ばい【倍】／～倍
❷ まつ【松】／松樹	ばつ【罰】／懲罰
❸ まん【万】／～萬	ばん【番】／第～
❹ まいかい【毎回】／每次	ばいかい【媒介】／媒介

4 例句說說看

- 山本(やまもと)さんは　居間(いま)に　いますよ。
  山本小姐正在客廳裡呢。

- どの　バス(ばす)に　乗(の)りますか。
  您要搭哪條路線的巴士呢？【バス<bus>：巴士】

- 毎日(まいにち)　人一倍(ひといちばい)　頑張(がんば)って　いる。
  每天都比別人加倍的努力。

5 繞口令

生麦(なまむぎ)　生米(なまごめ)　生卵(なまたまご)。

生麥、生米、生蛋。

[mi] 的發音

track 32

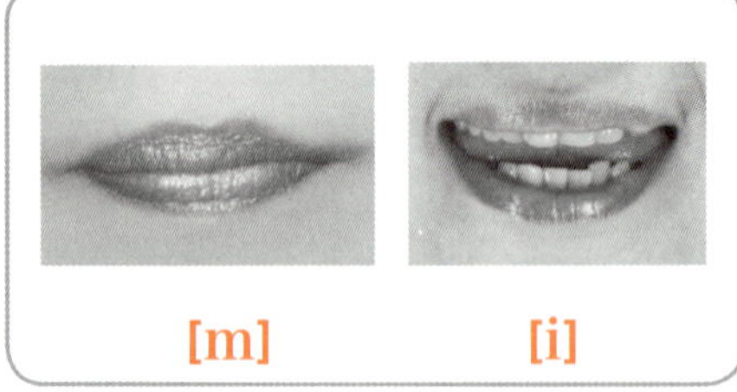

太陽好大，貓「咪」變成了瞇瞇眼。

1 假名這樣發音

「み」是子音 **[m]** 跟母音 **[i]** 拼起來的。**[m]** 的發音是緊緊地閉住兩唇，把嘴裡的氣流給堵起來，讓氣流從鼻腔跑出來。要振動聲帶喔。

2 單字聽了就會

在開頭的單字

- みち【道】／道路
- みんな【皆】／大家
- みみ【耳】／耳朵
- みなと【港】／港口
- みなみ【南】／南邊
- みおくり【見送り】／目送

在中間的單字

- おみまい【お見舞い】／探病
- はちみつ【蜂蜜】／蜂蜜

在字尾的單字

- いみ【意味】／意思
- かみ【髪】／頭髮

3 發音比比看

み [mi] 的 [m] 雙唇緊閉形成阻塞，讓氣流從鼻腔流出。び [bi] 的 [b] 雙唇要緊閉形成阻塞，然後讓氣流衝破阻塞而出。另外，[m] 和 [b] 都要振動聲帶。

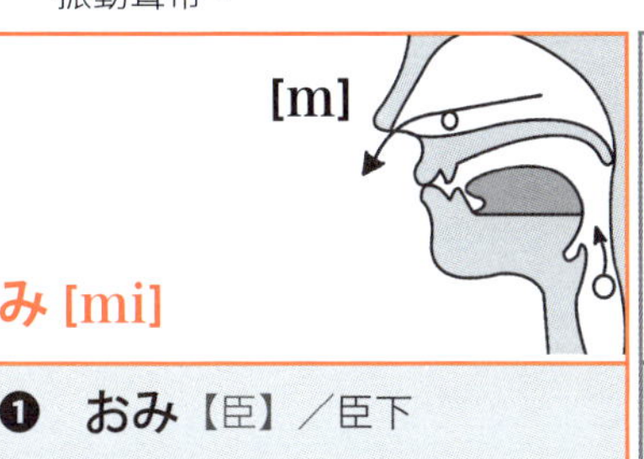

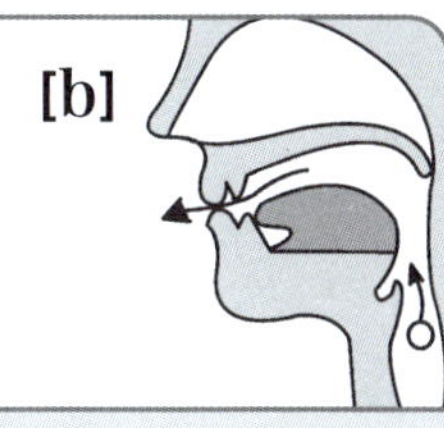

み [mi]	び [bi]
❶ おみ【臣】／臣下	おび【帯】／腰帶
❷ かみ【紙】／紙張	かび【黴】／霉菌
❸ くみ【組】／組	くび【首】／脖子
❹ ゆみ【弓】／弓	ゆび【指】／手指

4 例句說說看

- 南(みなみ)の　部屋(へや)は　明(あか)るいですね。
  向南的房間光線明亮。

- 春(はる)は　花見(はなみ)、夏(なつ)は　花火(はなび)で　盛(も)り上(あ)がります。
  這裡時興熱熱鬧鬧地在春天賞花、夏天看煙火。

- 紙(かみ)に　かびが　残(のこ)って　いる。
  紙張發霉了。

5 繞口令

ミニ(みに)　右耳(みぎみみ)　右(みぎ)に　2ミリ(にみり)。

在小巧的右耳的右邊兩釐米。【ミニ<mini>：小的；ミリ<milli>：公釐】

[mɯ] 的發音

你好讚！給你一個大「拇」指！

track 33

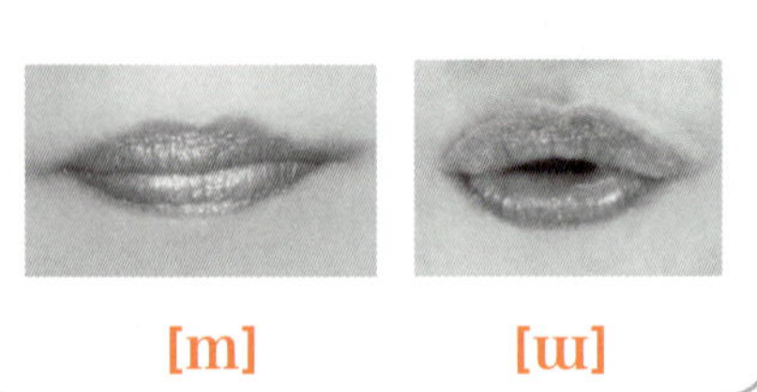

1 假名這樣發音

「む」是子音 **[m]** 跟母音 **[ɯ]** 拼起來的。**[m]** 的發音是緊緊地閉住兩唇，把嘴裡的氣流給堵起來，讓氣流從鼻腔跑出來。要振動聲帶喔。

2 單字聽了就會

在開頭的單字

- むし【虫】／蟲
- むね【胸】／胸部
- むら【村】／村莊
- むいか【六日】／六號
- むり【無理】／不合理
- むかし【昔】／以前

在中間的單字

- さむい【寒い】／寒冷的
- けむり【煙】／煙霧

在字尾的單字

- あむ【編む】／編織
- うむ【生む】／生產

3 發音比比看

む [mɯ] 的 [m] 雙唇緊閉形成阻塞，讓氣流從鼻腔流出。ぶ [bɯ] 的 [b] 雙唇要緊閉形成阻塞，然後讓氣流衝破阻塞而出。另外，[m] 和 [b] 都要振動聲帶。

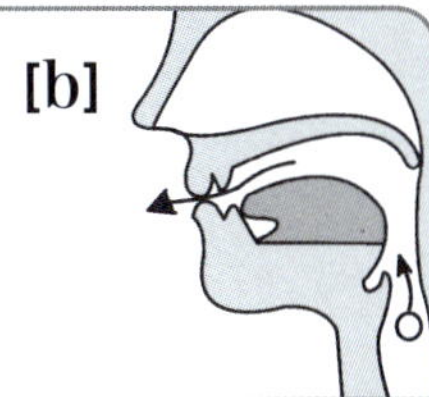

[m] む [mɯ]	[b] ぶ [bɯ]
❶ むき【向き】／面向～	ぶき【武器】／武器
❷ むし【虫】／蟲	ぶし【武士】／武士
❸ むじ【無地】／素面的	ぶじ【無事】／平安無事
❹ むり【無理】／勉強	ぶり【振り】／樣態

4 例句說說看

- 娘(むすめ)は　二歳(にさい)です。
  女兒今年兩歲。

- あの　弱虫(よわむし)が　武士(ぶし)に　なった。
  那個膽小鬼成了武士。

- 自分(じぶん)の　作(つく)った　小舟(こぶね)に　胸(むね)を　張(は)れ。
  對自己造的小船要有信心！

5 繞口令

麦(むぎ)ごみ　麦(むぎ)ごみ　三麦(みむぎ)ごみ、合(あ)わせて　麦(むぎ)ごみ　六麦(むむぎ)ごみ。

麥殼麥殼三粒麥殼，所有麥殼合起來是六粒麥殼。

[me] 的發音

track 34

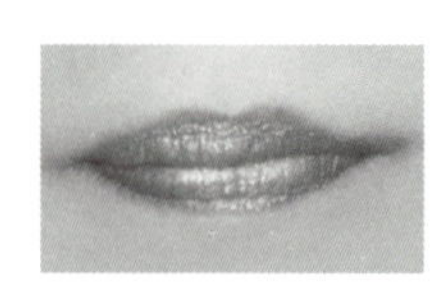

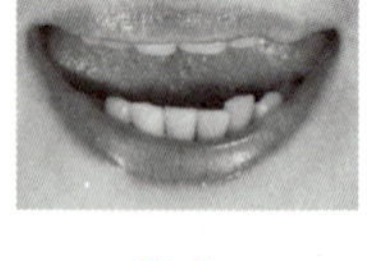

[m] [e]

正「妹」朝我走過來了！

1 假名這樣發音

「め」是子音 **[m]** 跟母音 **[e]** 拼起來的。**[m]** 的發音是緊緊地閉住兩唇，把嘴裡的氣流給堵起來，讓氣流從鼻腔跑出來。要振動聲帶喔。

2 單字聽了就會

在開頭的單字

- め【目】／眼睛
- めいし【名刺】／名片
- めし【飯】／米飯
- めいわく【迷惑】／困擾

在中間的單字

- あさめし【朝飯】／早餐
- うんめい【運命】／命運

在字尾的單字

- あめ【雨】／雨
- つめ【爪】／指甲
- かめ【亀】／烏龜
- むすめ【娘】／女兒

3 發音比比看

め [me] 的 [m] 雙唇緊閉形成阻塞，讓氣流從鼻腔流出。べ [be] 的 [b] 雙唇要緊閉形成阻塞，然後讓氣流衝破阻塞而出。另外，[m] 和 [b] 都要振動聲帶。

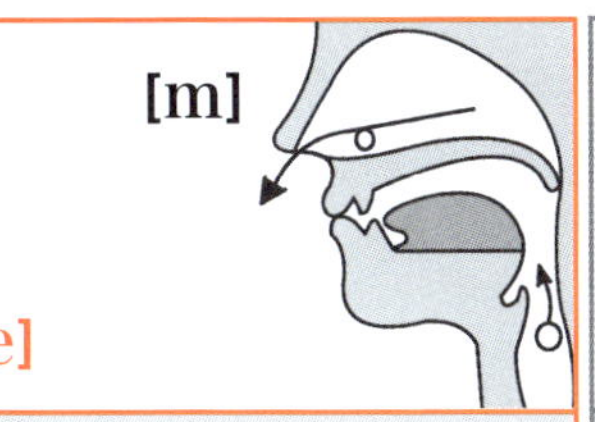

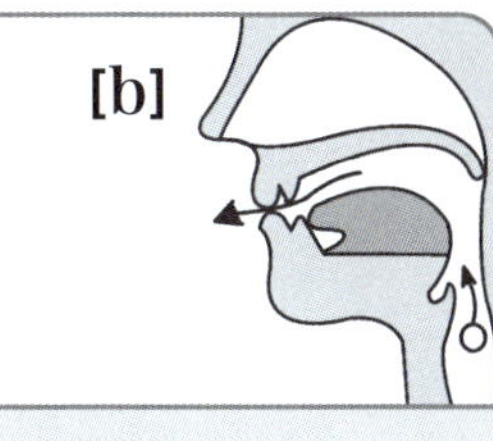

め [me]	べ [be]
❶ かめ【亀】／烏龜	かべ【壁】／牆壁
❷ めつ【滅】／熄滅	べつ【別】／分別
❸ めん【麺】／麵條	べん【便】／方便
❹ ためる【溜める】／儲存	たべる【食べる】／吃

4 例句說說看

- 目(め)を　見(み)て　話(はな)して　ください。
  說話時請看著對方的眼睛。

- 兄(あに)は　面会(めんかい)の　ときも、一切(いっさい)　弁解(べんかい)しない。
  哥哥即使在面會時，也沒有為自己做任何的辯解。

- 別荘(べっそう)に　住(す)む　なんて、滅相(めっそう)も　ない。
  我哪能住在別墅裡呢，這怎麼敢當呀！

5 繞口令

雨(あめ)にめいって、めそめそすると　女々(めめ)しい。

淋了雨後哭哭啼啼的，真沒有男子氣概！

も [mo] 的發音

牛沒有草吃了，餓得「哞哞」叫。

track 35

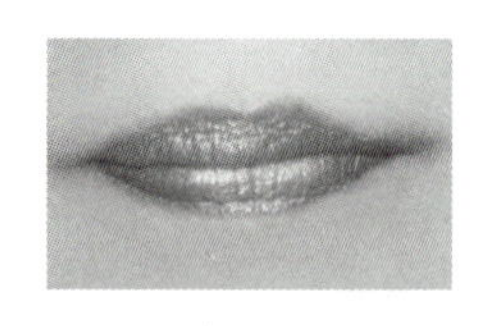

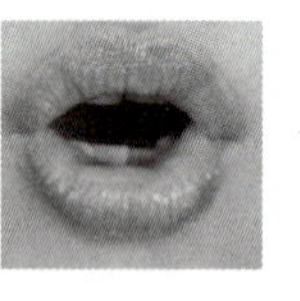

[m]　[o]

1 假名這樣發音

「も」是子音 **[m]** 跟母音 **[o]** 拼起來的。**[m]** 的發音是緊緊地閉住兩唇，把嘴裡的氣流給堵起來，讓氣流從鼻腔跑出來。要振動聲帶喔。

2 單字聽了就會

在開頭的單字

- もの【物】／東西
- もり【森】／森林
- もん【門】／大門
- もめん【木綿】／棉

在中間的單字

- きもち【気持ち】／心情
- かいもの【買い物】／購物
- いもうと【妹】／妹妹
- せんもん【専門】／專門

在字尾的單字

- くも【雲】／雲
- もも【桃】／桃子

3 發音比比看

　　も [mo] 的 [m] 雙唇緊閉形成阻塞，讓氣流從鼻腔流出。ぼ [bo] 的 [b] 雙唇要緊閉形成阻塞，然後讓氣流衝破阻塞而出。另外，[m] 和 [b] 都要振動聲帶。

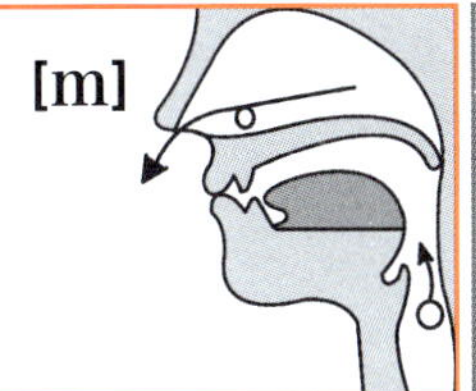

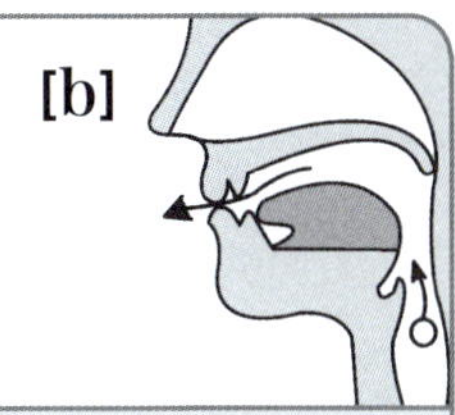

も [mo]	ぼ [bo]
❶ もく【木】／木	ぼく【僕】／我（男子對平輩以下的自稱）
❷ もち【餅】／年糕	ぼち【墓地】／墳場
❸ もん【門】／大門	ぼん【盆】／盤子
❹ もうし【申し】／喂	ぼうし【帽子】／帽子

4 例句說說看

- 荷物(にもつ)は　重(おも)いですね。
  行李真重呀。
- 猛犬(もうけん)を　連(つ)れて、冒険(ぼうけん)に　挑戦(ちょうせん)した。
  帶著凶猛的狗挑戰冒險。
- 餅(もち)を　買(か)って、墓地(ぼち)に　入(はい)った。
  買了麻糬後到了墳場。

5 繞口令

すもももも　桃(もも)も　ももの　うち。

李子和桃子都算是桃子的一種。

[ja] 的發音

track 36

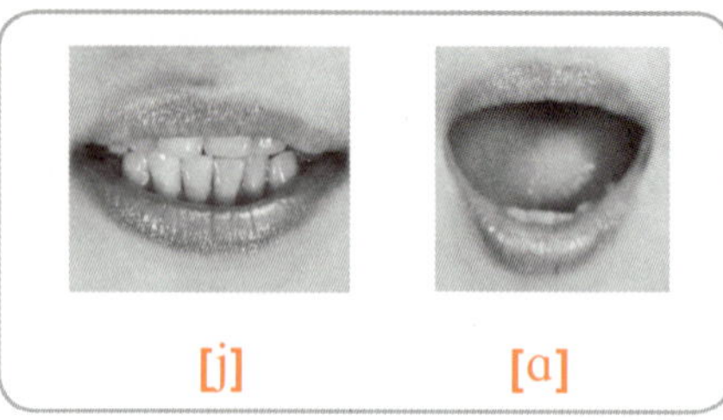

只要按那個按鈕，
「鴨」子就會跑出來！

1 假名這樣發音

「や」是半母音 [j] 跟母音 [ɑ] 拼起來的。[j] 的發音部位跟 [i] 很像，也就是讓在舌面中間的中舌面，跟在它正上方的硬口蓋接近，而發出的聲音。要振動聲帶喔！半母音同時具有母音跟子音的特徵。

2 單字聽了就會

在開頭的單字

- やま【山】／山
- やさい【野菜】／蔬菜
- やね【屋根】／屋頂
- やちん【家賃】／房租
- やすみ【休み】／休息
- やくそく【約束】／約定

在中間的單字

- はやい【速い】／快的
- なつやすみ【夏休み】／暑假

在字尾的單字

- おや【親】／父母
- ほんや【本屋】／書店

3 發音比比看

や [jɑ] 中的 [j] 是讓中舌面，跟在它正上方的硬口蓋接近，而發出的聲音。發音比母音短而輕；母音あ [ɑ] 是口腔自然地張大，舌頭放低稍微向後縮，舌頭跟下巴一起往下。發音時音色鮮明。兩者都要振動聲帶。

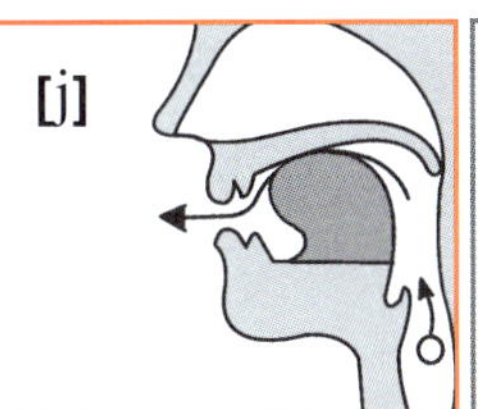

や [jɑ]

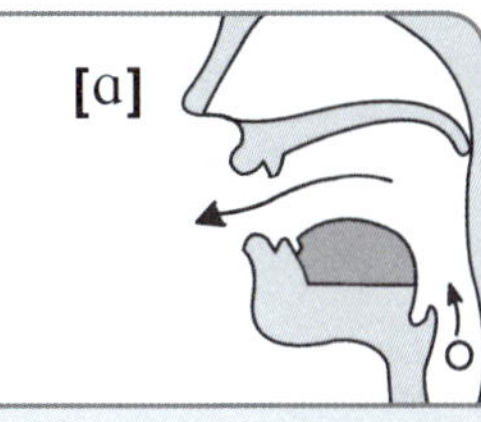

あ [ɑ]

や [jɑ]	あ [ɑ]
❶ やく【焼く】／烤	あく【空く】／空出
❷ やね【屋根】／屋頂	あね【姉】／姊姊
❸ やみ【闇】／黑暗	あみ【網】／網子
❹ やる【遣る】／給～	ある【有る】／有

4 例句說說看

- やよいさんは　やさしい。
  彌生小姐很溫柔。

- 野菜(やさい)は　浅(あさ)い　皿(さら)に　盛(も)り付(つ)ける。
  蔬菜是裝盛在淺碟子裡的。

- うちの　大家(おおや)さんは　八百屋(やおや)さんだ。
  我的房東是蔬果店的老闆。

5 繞口令

山々(やまやま)を　越(こ)え、やあやあ　やれやれ。

一起翻越群山峻嶺，嘿唷嘿唷，辛苦辛苦。

ゆ [jɯ] 的發音

第一名就是「YOU」！

track 37

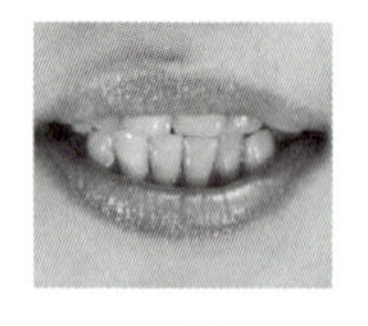

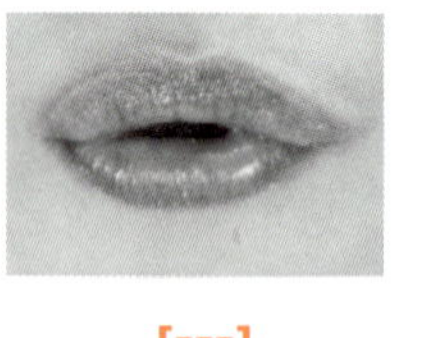

[j]　[ɯ]

1 假名這樣發音

「ゆ」是半母音 [j] 跟母音 [ɯ] 拼起來的。[j] 的發音部位跟 [i] 很像，也就是讓在舌面中間的中舌面，跟在它正上方的硬口蓋接近，而發出的聲音。要振動聲帶喔！

2 單字聽了就會

在開頭的單字

- ゆき【雪】／雪
- ゆうき【勇気】／勇氣
- ゆか【床】／地板
- ゆるい【緩い】／緩慢的
- ゆめ【夢】／夢想
- ゆのみ【湯飲み】／日式茶杯

在中間的單字

- えいゆう【英雄】／英雄
- ふゆやすみ【冬休み】／寒假

在字尾的單字

- ふゆ【冬】／冬天
- つゆ【梅雨】／梅雨

3 發音比比看

ゆ [jɯ] 的 [j] 是讓中舌面，跟在它正上方的硬口蓋接近，而發出的聲音。發音比母音短而輕。母音的う [ɯ] 是雙唇保持扁平，雙唇兩端左右往中央稍稍靠攏，後舌面隆起靠近軟顎。發音時音色鮮明。兩者都要振動聲帶。

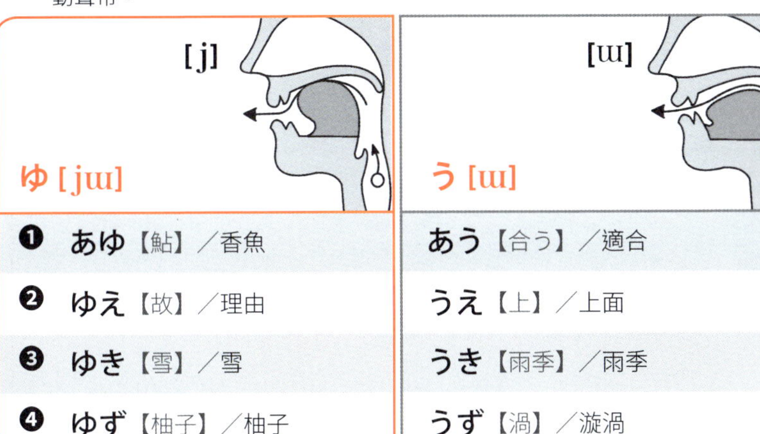

ゆ [jɯ]	う [ɯ]
❶ あゆ【鮎】／香魚	あう【合う】／適合
❷ ゆえ【故】／理由	うえ【上】／上面
❸ ゆき【雪】／雪	うき【雨季】／雨季
❹ ゆず【柚子】／柚子	うず【渦】／漩渦

例句說說看

- 梅(うめ)さんの　夢(ゆめ)は　何(なん)ですか。
  梅小姐，您的夢想是什麼呢？

- 雨季(うき)に　雪(ゆき)が　降(ふ)りました。
  在雨季裡下了雪。

- ラーメン(らあめん)と　鮎(あゆ)が　合(あ)うのよ。
  拉麵和香魚非常對味。【ラーメン<拉麵>：拉麵】

5 繞口令

朝焼(あさや)けは　雨(あめ)、夕焼(ゆうや)けは　晴(は)れ。

日出時分飄著雨，日落時分天氣晴。

[jo] 的發音

唉「喲」！踩到香蕉皮，滑了一大跤！

track 38

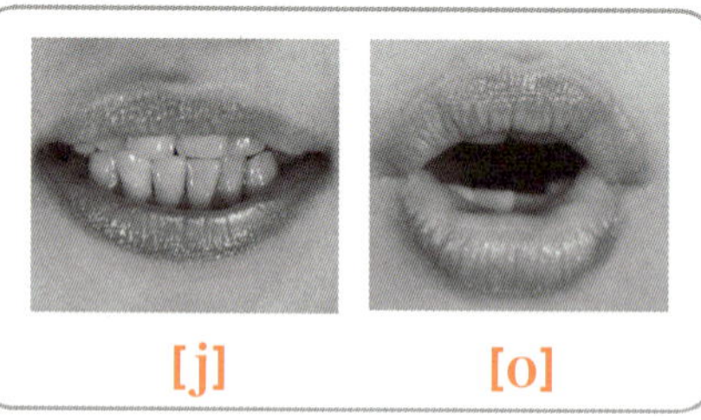

1 假名這樣發音

「よ」是半母音 [j] 跟母音 [o] 拼起來的。[j] 的發音部位跟 [i] 很像，也就是讓在舌面中間的中舌面，跟在它正上方的硬口蓋接近，而發出的聲音。要振動聲帶喔！

2 單字聽了就會

在開頭的單字

- よる【夜】／晚上
- よむ【読む】／閱讀
- よわい【弱い】／弱小的
- よみせ【夜店】／夜市
- ようちえん【幼稚園】／幼稚園
- ようふく【洋服】／西服

在中間的單字

- としより【年寄り】／年長者
- たいよう【太陽】／太陽

在字尾的單字

- きよ【寄与】／貢獻
- めいよ【名誉】／名譽

3 發音比比看

よ [jo] 的 [j] 是讓中舌面，跟在它正上方的硬口蓋接近，而發出的聲音。發音比母音短而輕。母音的お [o] 是下巴還要往下，舌向後縮後舌面隆起，要圓唇。發音時音色鮮明。兩者都要振動聲帶。

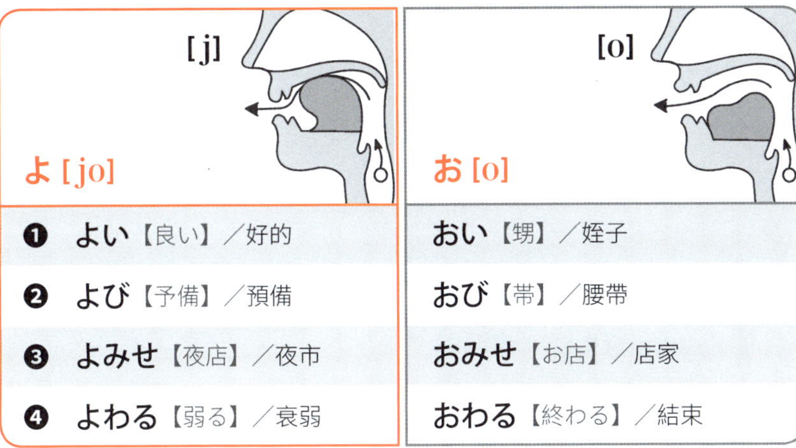

よ [jo]	お [o]
❶ よい【良い】／好的	おい【甥】／姪子
❷ よび【予備】／預備	おび【帯】／腰帶
❸ よみせ【夜店】／夜市	おみせ【お店】／店家
❹ よわる【弱る】／衰弱	おわる【終わる】／結束

4 例句說說看

- 夜店(よみせ)は　おいしい　お店(みせ)が　いっぱいです。
  有許多夜市的店家，食物都美味極了。

- 洋服(ようふく)を　買(か)うため、東京(とうきょう)まで　往復(おうふく)して　きた。
  為了買衣服，特地跑了一趟東京。

- いまは　太陽電池(たいようでんち)で　対応(たいおう)できる。
  現在可使用的種類也包括了太陽能電池。

5 繞口令

よたよたの　よぼよぼに　よそよそしいのは　よくないよ。

腳步蹣跚拖行，再加上冷漠的表情，這種態度不大好喔。

[ra] 的發音

track 39

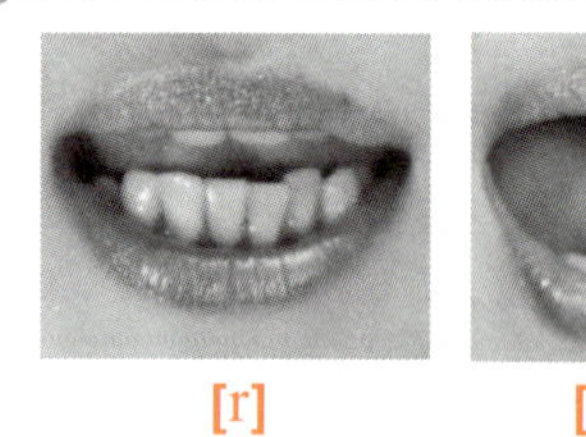

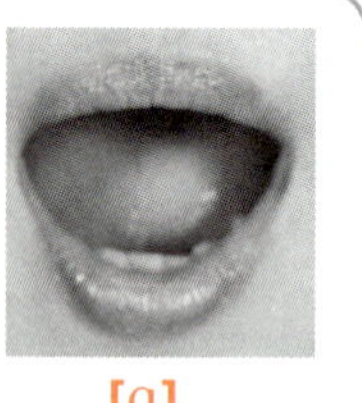

[r]　[a]

妳男朋友怎麼這麼「邋」遢啊？

1 假名這樣發音

「ら」是子音 **[r]** 跟母音 **[a]** 拼起來的。**[r]** 的發音是把舌尖翹起來輕輕碰上齒齦與硬顎之間的部位，在氣流沖出時，輕彈一下，同時振動聲帶！**[r]** 的發音跟英文的 **[l]** 不一樣喔！

2 單字聽了就會

在開頭的單字

- らく【楽】／輕鬆的
- らいねん【来年】／明年

在中間的單字

- みらい【未来】／未來
- むらさき【紫】／紫色
- からい【辛い】／辣的
- おてあらい【お手洗い】／洗手間

在字尾的單字

- うら【裏】／背面
- いくら／多少錢
- とら【虎】／老虎
- そちら／那邊

3 發音比比看

ら [rɑ] 的 [r] 是舌尖輕碰上齒齦與硬顎之間，在氣流沖出時，輕彈一下。だ [dɑ] 的 [d] 是舌尖抵住上齒齦和硬顎之間，形成阻塞，再讓氣流衝破阻塞而出。[r] 和 [d] 都要振動聲帶。

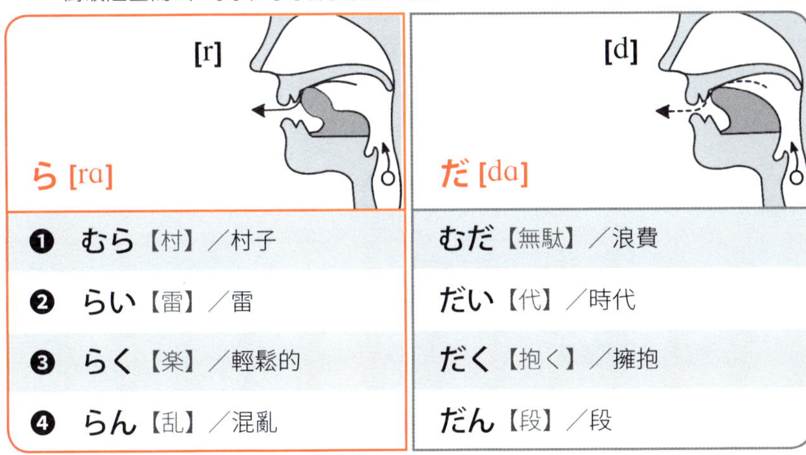

	ら [rɑ]	だ [dɑ]
❶	むら【村】／村子	むだ【無駄】／浪費
❷	らい【雷】／雷	だい【代】／時代
❸	らく【楽】／輕鬆的	だく【抱く】／擁抱
❹	らん【乱】／混亂	だん【段】／段

4 例句說說看

- 原(はら)さんの　肌(はだ)は　きれいだ。
  原小姐的肌膚真是晶瑩剔透呀。
- 乱暴(らんぼう)して　暖房(だんぼう)を　壊(こわ)しました。
  他拳打腳踢的，把暖氣機弄壞了。
- 村(むら)の　人(ひと)は　無駄(むだ)な　生活(せいかつ)を　しました。
  村民的生活方式十分浪費。

5 繞口令

いらいらするから　笑(わら)われる。でれでれするから　侮(あなど)られる。

就是因為脾氣焦躁才會遭人恥笑；就是因為懶散邋遢才會被人欺負。

[ri] 的發音

你家看起來很不錯「哩」！

track 40

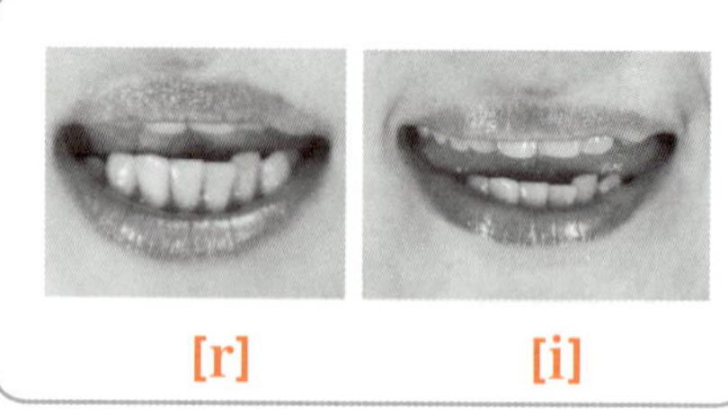

1 假名這樣發音

「り」是子音 **[r]** 跟母音 **[i]** 拼起來的。**[r]** 的發音是把舌尖翹起來輕輕碰上齒齦與硬顎之間的部位，在氣流沖出時，輕彈一下，同時振動聲帶！**[r]** 的發音跟英文的 **[l]** 不一樣喔！

2 單字聽了就會

在開頭的單字

- りゆう【理由】／理由
- りそう【理想】／理想

在中間的單字

- のりかえ【乗り換え】／轉乘
- おまわりさん【お巡りさん】／巡警

在字尾的單字

- あり【蟻】／螞蟻
- ふたり【二人】／兩人
- くすり【薬】／藥物
- くもり【曇り】／陰天
- となり【隣】／隔壁
- としより【年寄り】／年長者

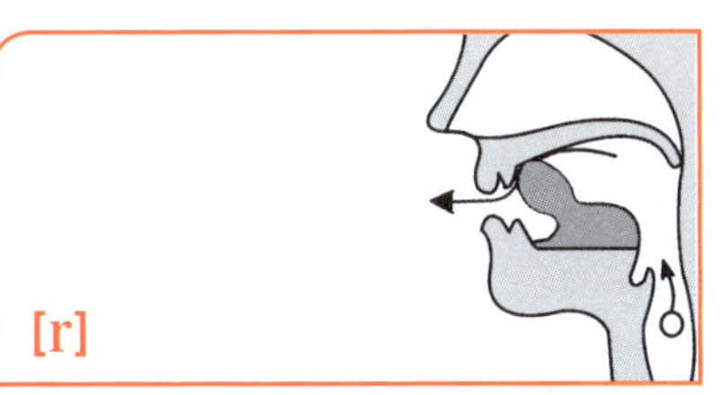

3 例句說說看

- 私(わたし)は　よく　地下鉄(ちかてつ)に　乗(の)ります。
  我經常搭乘地下鐵。

- ここは　便利(べんり)な　ところですね。
  這附近的居住機能非常完善。

- 新宿(しんじゅく)まで、一時間(いちじかん)　かかります。
  從這裡到新宿需耗時一個鐘頭。

4 繞口令

瓜売(うりう)りが　瓜売(うりう)りに　来(き)て、瓜売(うりう)り　帰(かえ)る　瓜売(うりう)りの　声(こえ)。

賣瓜的人來賣瓜；賣瓜的人嚷著：「賣瓜的要走囉。」

る [rɯ] 的發音

從山坡上咕「嚕」咕「嚕」滾了下來。

track 41

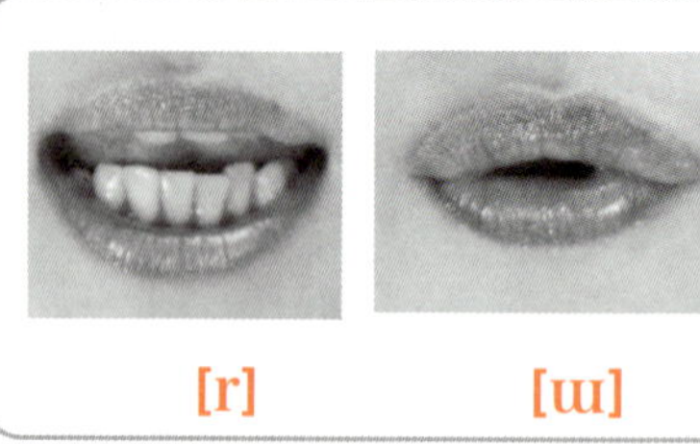

1 假名這樣發音

「る」是子音 **[r]** 跟母音 **[ɯ]** 拼起來的。**[r]** 的發音是把舌尖翹起來輕輕碰上齒齦與硬顎之間的部位，在氣流沖出時，輕彈一下，同時振動聲帶！ **[r]** 的發音跟英文的 **[l]** 不一樣喔！

2 單字聽了就會

在開頭的單字

- るす【留守】／不在家
- るい【類】／種類

在中間的單字

- くるま【車】／車子
- ひるま【昼間】／白天
- あるく【歩く】／走路
- かるい【軽い】／輕的

在字尾的單字

- はる【春】／春天
- さる【猿】／猴子
- まる【丸】／圓圈
- みそしる【味噌汁】／味噌湯

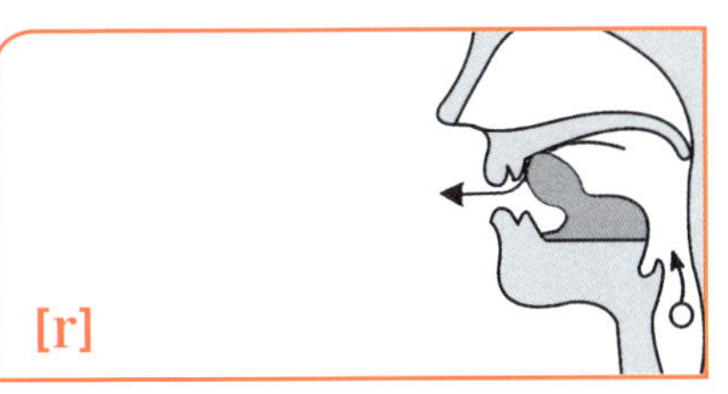

3 例句說說看

- 丸子(まるこ)さんは　今留守(いまるす)です。
  丸子小姐目前不在。

- 車(くるま)は　久津間(くづま)まで　走(はし)った。
  車子開到了久津間。

- 羽津(はづ)さんは　春(はる)が　好(す)きだ。
  羽津先生喜歡春天。

4 繞口令

一塁(いちるい)、二塁(にるい)、三塁(さんるい)を　回(まわ)るのが、ルール(るうる)である。

球賽的規則是依序從一壘、二壘、三壘跑一圈。【ルール<rule>：規則】

れ [re] 的發音

我的銅鑼燒「咧」？

track 42

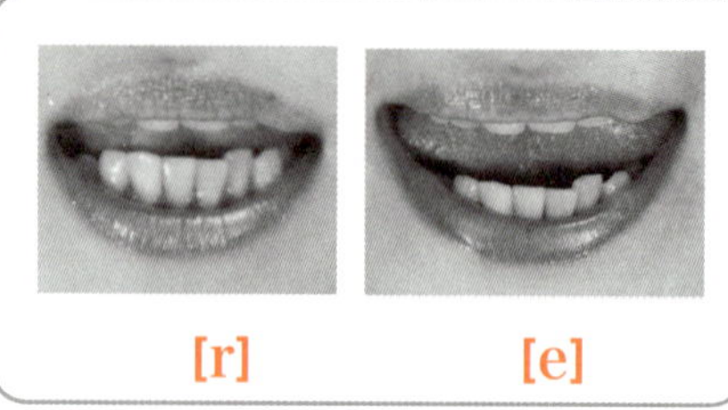

1 假名這樣發音

「れ」是子音 **[r]** 跟母音 **[e]** 拼起來的。**[r]** 的發音是把舌尖翹起來輕輕碰上齒齦與硬顎之間的部位，在氣流沖出時，輕彈一下，同時振動聲帶！ **[r]** 的發音跟英文的 **[l]** 不一樣喔！

2 單字聽了就會

- れい【零】／零
- れきし【歴史】／歷史
- れんらく【連絡】／聯絡
- れんあい【恋愛】／戀愛

在中間的單字

- おれい【お礼】／答謝
- しつれい【失礼】／失敬

在字尾的單字

- これ／這個
- かれ【彼】／他
- おしいれ【押入れ】／壁櫥
- うりきれ【売り切れ】／售清

3 發音比比看

れ [re] 的 [r] 是舌尖輕碰上齒齦與硬顎之間，在氣流沖出時，輕彈一下。で [de] 的 [d] 是舌尖抵住上齒齦和硬顎之間，形成阻塞，再讓氣流衝破阻塞而出。[r] 和 [d] 都要振動聲帶。

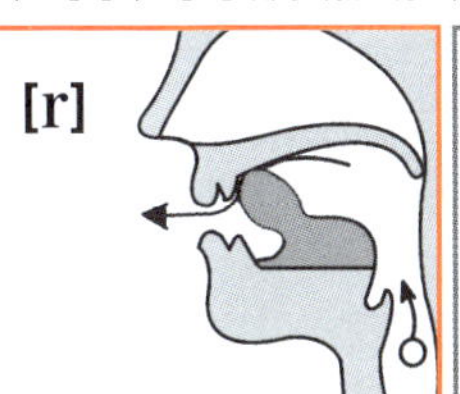

れ [re]	で [de]
❶ それ／那個	そで【袖】／袖子
❷ はれ【晴れ】／晴天	はで【派手】／華麗的
❸ れんき【連記】／並列寫上	でんき【電気】／電燈
❹ せんれん【洗練】／精鍊	せんでん【宣伝】／宣傳

4 例句說說看

- 電話(でんわ)で　連絡(れんらく)します。
  我會以電話聯繫。

- それは　おそらく　袖(そで)でしょう。
  我想那應該是衣服的袖子吧。

- 晴(は)れの　日(ひ)は、ちょっと　派手(はで)な　格好(かっこう)を　しよう。
  在晴朗的日子裡打扮得稍微華麗一點吧。

5 繞口令

連(つ)れの　いずれの　連中(れんちゅう)にも　連絡(れんらく)するな。

不准和你同行的任何傢伙聯絡！

ろ [ro] 的發音

track 43

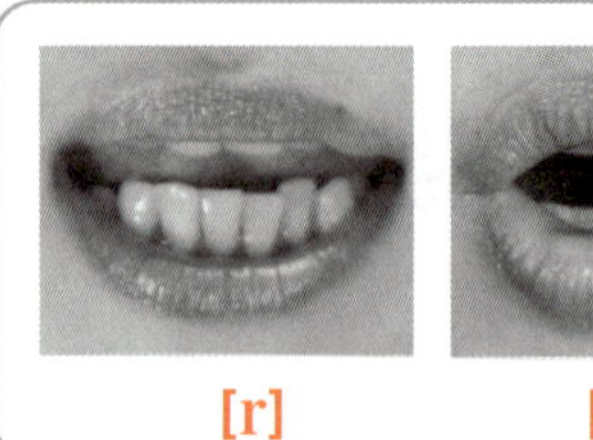

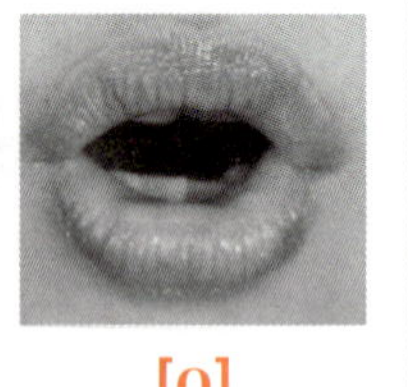

[r] [o]

美國人打招呼，說哈「囉」！

1 假名這樣發音

「ろ」是子音 **[r]** 跟母音 **[o]** 拼起來的。**[r]** 的發音是把舌尖翹起來輕輕碰上齒齦與硬顎之間的部位，在氣流沖出時，輕彈一下，同時振動聲帶！ **[r]** 的發音跟英文的 **[l]** 不一樣喔！

2 單字聽了就會

在開頭的單字

- ろく【六】／六
- ろうそく【蝋燭】／蠟燭
- ろうか【廊下】／走廊
- ろくおん【録音】／錄音

在中間的單字

- ひろさ【広さ】／寬度
- くろい【黒い】／黑色的

在字尾的單字

- しろ【白】／白色
- うしろ【後ろ】／後面
- おふろ【お風呂】／浴室
- はいいろ【灰色】／灰色

3 發音比比看

ろ **[ro]** 的 **[r]** 是舌尖輕碰上齒齦與硬顎之間，在氣流沖出時，輕彈一下。ど **[do]** 的 **[d]** 是舌尖抵住上齒齦和硬顎之間，形成阻塞，再讓氣流衝破阻塞而出。**[r]** 和 **[d]** 都要振動聲帶。

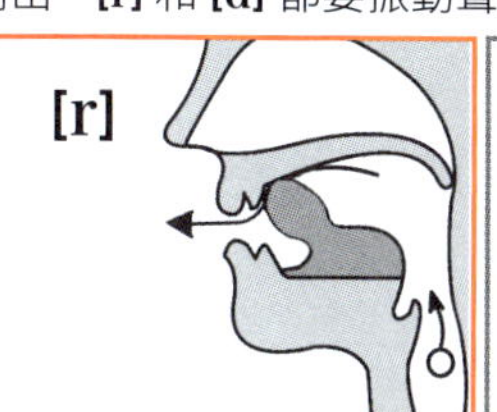

ろ [ro]	ど [do]
❶ いろ【色】／顏色	いど【緯度】／緯度
❷ ろく【六】／六	どく【毒】／毒
❸ ひろい【広い】／寬敞的	ひどい【酷い】／過份的
❹ ろうか【廊下】／走廊	どうか【同化】／同化

4 例句說說看

- 夫婦（ふうふ）で　一緒（いっしょ）に　お風呂（ふろ）に　入（はい）ろう。
  夫妻一起洗個鴛鴦浴吧。

- ぼくは　白（しろ）い　廊下（ろうか）を　渡（わた）ります。
  我走在白色的走廊上。

- 工藤（くどう）さんは　苦労（くろう）して　働（はたら）きました。
  工藤先生的工作非常辛苦。

5 繞口令

老人（ろうじん）の　炉辺論争（ろばたろんそう）を　六十六分（ろくじゅうろっぷん）　録画（ろくが）。

錄下了66分鐘老人們圍爐爭論的影片。

わ [wɑ]  を [o] 的發音

track 44

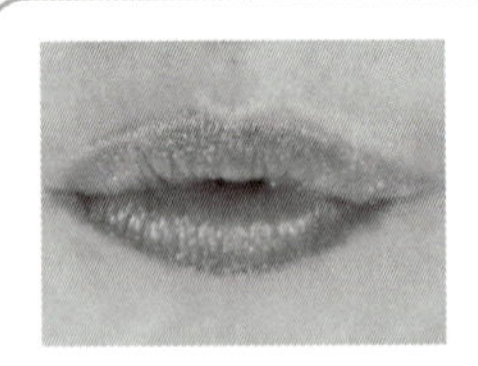
[w]

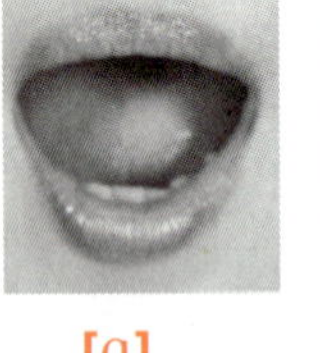
[ɑ]

池塘邊的青「蛙」大合唱，呱呱呱！

1 假名這樣發音

「わ」是半母音 **[w]** 跟母音 **[ɑ]** 拼起來的。**[w]** 的發音部位跟 **[ɯ]** 很類似。上下兩唇稍微合攏，產生微弱的摩擦。舌面要讓它鼓起來，像個半圓形。要振動聲帶喔！而「を」的發音就跟「お」是一樣的！（請見 P20）。

2 單字聽了就會

在開頭的單字

- わに【鰐】／鱷魚
- わかい【若い】／年輕的
- わたし【私】／我
- わすれもの【忘れ物】／遺忘物品

在中間的單字

- こわい【怖い】／可怕的
- にわとり【鶏】／雞
- おわり【終わり】／結尾
- おいわい【お祝い】／祝賀

在字尾的單字

- かわ【川】／河川
- いわ【岩】／岩石

在句子的中間

- ご飯（はん）を　食（た）べます。／吃飯。

3 發音比比看

わ [wɑ] 的 [w] 是半母音，發音的嘴形跟母音 [ɯ] 大致相同，但音要發得短而輕。跟 [ɯ] 一樣也不是圓唇。[o] 是舌向後縮，後舌面隆起，是圓唇。[ɯ] 跟 [o] 都要振動聲帶。

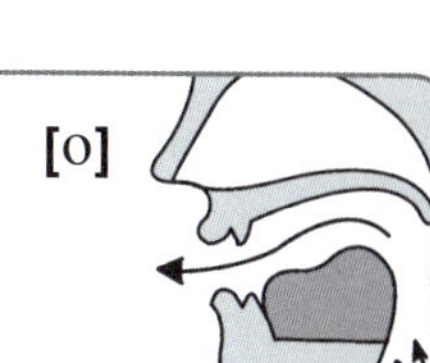

わ [w]	お [o]
❶ わく【沸く】／沸騰	おく【置く】／放置
❷ わに【鰐】／鱷魚	おに【鬼】／鬼
❸ わる【割る】／切割	おる【折る】／折斷
❹ われ【我】／我（文言）	おれ【俺】／我（男子對平輩以下的自稱）

4 例句說說看

- 顔（かお）を　洗（あら）おう。
  洗臉吧。

- 私（わたし）を　笑（わら）わないで　ください。
  請不要嘲笑我。

- こいつは　鰐（わに）じゃない、鬼（おに）だ！
  這傢伙豈止是鱷魚，根本是個惡魔！

5 繞口令

裏庭（うらにわ）には　二羽（にわ）、庭（にわ）には　二羽（にわ）　鶏（にわとり）が　いる。

後院裡有兩隻雞，前庭裡有兩隻雞。

[ga] 行 的發音

烏鴉「嘎嘎」叫，吵得我睡不著。

track 45

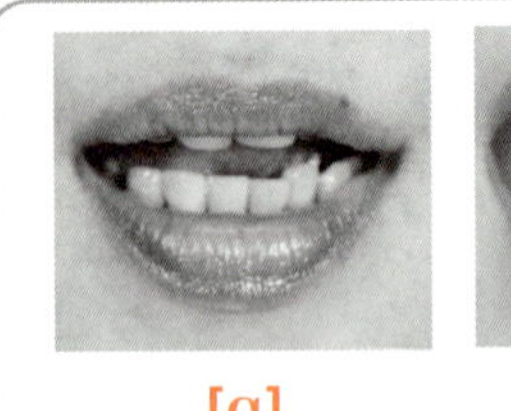

[g]

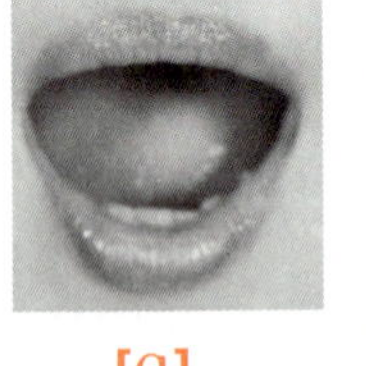

[ɑ]

1 假名這樣發音

「が、ぎ、ぐ、げ、ご」是子音 **[g]** 跟母音 **[ɑ、i、ɯ、e、o]** 拼起來的。**[g]** 的發音是發音的方式，跟部位跟 **[k]** 一樣，不一樣的是要振動聲帶。

2 單字聽了就會

在開頭的單字

- がくせい【学生】／學生
- げか【外科】／外科
- ぎんこう【銀行】／銀行
- ごみ／垃圾

在中間的單字

- かがみ【鏡】／鏡子
- しごと【仕事】／工作

在字尾的單字

- かぎ【鍵】／鑰匙
- ぬぐ【脱ぐ】／脫掉

3 發音比比看

が [gɑ] 行中的 [g] 跟か [kɑ] 行中的 [k] 發音部位跟方法都是一樣的，不同的是 [g] 要振動聲帶，[k] 不要振動聲帶。

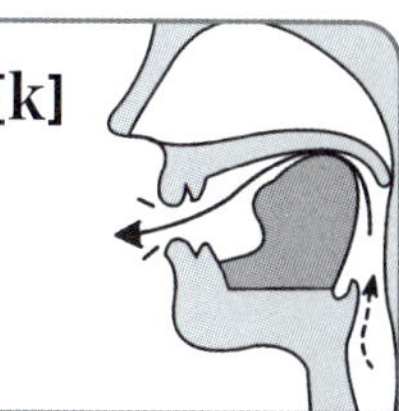

[g] が [gɑ] 行	[k] か [kɑ] 行
❶ がわ【革】／皮革	かわ【川】／河川
❷ かぎ【鍵】／鑰匙	かき【柿】／柿子
❸ ぐち【愚痴】／怨言	くち【口】／嘴巴
❹ げっこう【月光】／月光	けっこう【結構】／很好
❺ ごうか【豪華】／豪華	こうか【効果】／效果

4 例句說說看

- ごきげんよう。
  您好。

- 加賀君(かがくん)は　ガムを　かむ。
  加賀正在嚼口香糖。

- ここは　韓国(かんこく)の　監獄(かんごく)です。
  這裡是韓國的監獄。

5 繞口令

タンゴ(たんご)を　踊(おど)りながら　単語(たんご)を　覚(おぼ)えた。

邊跳探戈邊背單字。【タンゴ<tango>：探戈】

[dzɑ] 行 的發音

穿制服就要把襯衫「紮」好！

track 46

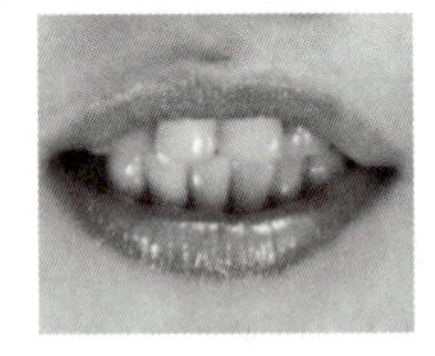
[dz]

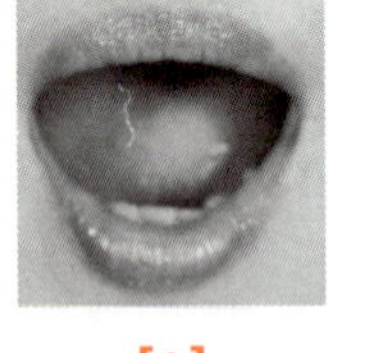
[ɑ]

1 假名這樣發音

「ざ、ず、ぜ、ぞ」是子音 **[dz]** 跟母音 **[ɑ、i、ɯ、e、o]** 拼起來的。**[dz]** 的發音方式、部位跟 **[ts]** 一樣，不一樣的是要振動聲帶。「じ」是子音 **[dʒ]** 跟母音 **[i]** 拼起來的。**[dʒ]** 的發音是舌葉抵住上齒齦，把氣流擋起來，然後稍微放開，讓氣流從縫隙中摩擦而出。要振動聲帶喔！

2 單字聽了就會

在開頭的單字

- じかん【時間】／時間
- じけん【事件】／事件

在中間的單字

- はいざら【灰皿】／煙灰缸
- あんぜん【安全】／安全的
- しずか【静か】／安靜的
- かぞく【家族】／家人

在字尾的單字

- みず【水】／水
- かぜ【風邪】／感冒

3 發音比比看

ざ [dzɑ] 行中的 [dz] 跟さ [sɑ] 行中的 [s] 發音部位跟方法都是一樣的，不同的是 [dz] 要振動聲帶，[s] 不要振動聲帶。

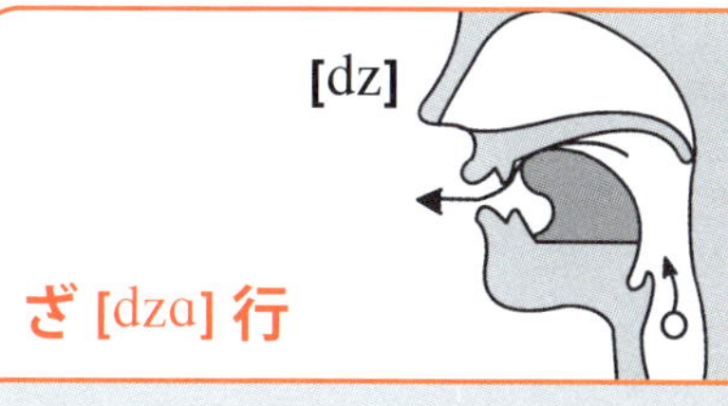

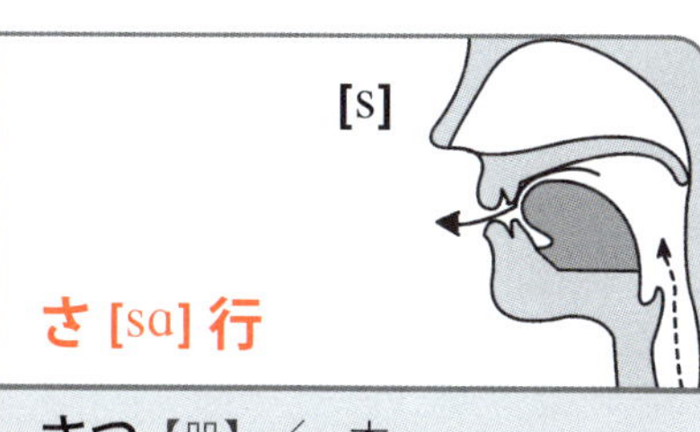

ざ [dzɑ] 行	さ [sɑ] 行
❶ ざつ【雑】／雜亂的	さつ【冊】／～本
❷ じき【時期】／時期	しき【四季】／四季
❸ あいず【合図】／信號	あいす【アイス】／冰
❹ ぜいかん【税関】／海關	せいかん【生還】／生還
❺ かぞく【家族】／家人	かそく【加速】／加速

4 例句說說看

- 銀行(ぎんこう)は　映画館(えいがかん)の　前(まえ)に　あります。
  銀行就在電影院的前方。

- この　時間(じかん)は　痴漢(ちかん)が　多(おお)い。
  有很多色狼會在這個時段出沒。

- 長女(ちょうじょ)の　長所(ちょうしょ)は　何(なん)でしょう。
  請問長女的優點是什麼呢？

5 繞口令

頭(あたま)は　ずきずき、体(からだ)は　ぞくぞく、風邪(かぜ)　引(ひ)いた。

頭部抽痛、身體發抖，我感冒了。

[da] 行的發音

要「搭」公車還是計程車呢？

track 47

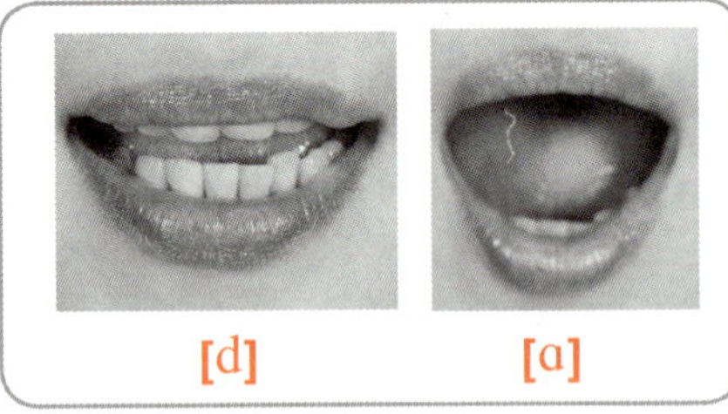

1 假名這樣發音

「だ、で、ど」是子音 **[d]** 跟母音 **[ɑ、e、o]** 拼起來的。**[d]** 發音的方式、部位跟 **[t]** 一樣，不一樣的是要振動聲帶。「ぢ」的發音跟「じ」一樣。「づ」的發音跟「ず」一樣。

2 單字聽了就會

在開頭的單字

- だいがく【大学】／大學
- でんち【電池】／電池
- でんわ【電話】／電話
- どうぶつ【動物】／動物

在中間的單字

- くだもの【果物】／水果
- つづく【続く】／繼續

在字尾的單字

- はなぢ【鼻血】／鼻血
- まど【窓】／窗戶

3 發音比比看

だ [dɑ] 行中的 [d] 跟た [tɑ] 行中的 [t] 發音部位跟方法都是一樣的，不同的是 [d] 要振動聲帶，[t] 不要振動聲帶。

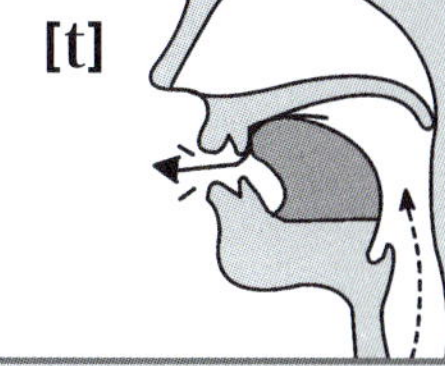

だ [dɑ] 行 [d]	た [tɑ] 行 [t]
❶ はだ【肌】／皮膚	はた【旗】／旗子
❷ づく【尽く】／用盡	つく【着く】／到達
❸ でんとう【伝統】／傳統	てんとう【店頭】／門市
❹ まど【窓】／窗戶	まと【的】／目標
❺ せいど【制度】／制度	せいと【生徒】／學生

4 例句說說看

- 暑(あつ)い　日(ひ)は　続(つづ)きますね。
  這種高溫天氣還要持續好一陣子呢。

- 大学(だいがく)を　退学(たいがく)しました。
  從大學退學了。

- そのため、計画(けいかく)が　だめに　なりました。
  那個原因導致計畫失敗了。

5 繞口令

よだれ　だらだら、だらだら　よだれ。

口水滴滴答答、答答滴滴地淌下來。

[bɑ] 行的發音

我媽媽早就變成歐「巴」桑了！

track 48

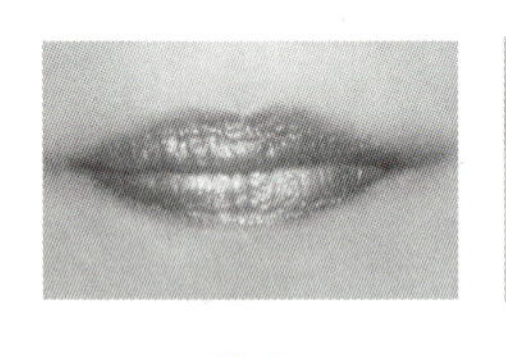

[b]

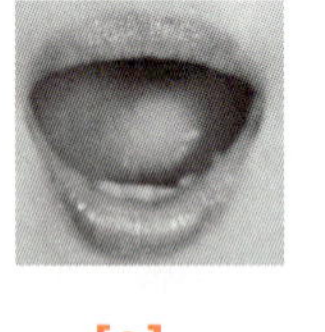

[ɑ]

1 假名這樣發音

「ば、び、ぶ、べ、ぼ」是子音 **[b]** 跟母音 **[ɑ、i、ɯ、e、o]** 拼起來的。**[b]** 的發音是緊緊的閉住兩唇，為了不讓氣流流往鼻腔，叫軟顎把鼻腔通道堵住，然後很快放開，讓氣流從兩唇衝出。要同時振動聲帶喔！

2 單字聽了就會

在開頭的單字

- びよういん【美容院】／美容院
- べんり【便利】／便利的
- ぶたにく【豚肉】／豬肉
- ぼうし【帽子】／帽子

在中間的單字

- たばこ【煙草】／香菸
- たべもの【食べ物】／食物

在字尾的單字

- なべ【鍋】／鍋子
- そぼ【祖母】／奶奶

3 發音比比看

ば [bɑ] 的 [b] 雙唇要緊閉形成阻塞，然後讓氣流衝破阻塞而出。は [hɑ] 的 [h] 發音時，嘴要張開，讓氣流從聲門摩擦而出，發音器官要盡量放鬆，呼氣不要太強。另外，[b] 要振動聲帶，[h] 不要振動聲帶。

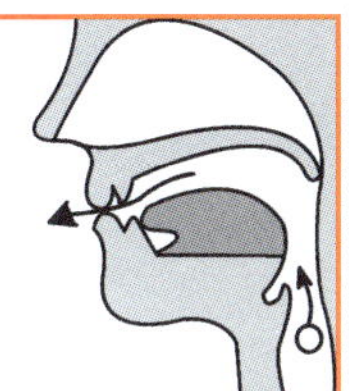

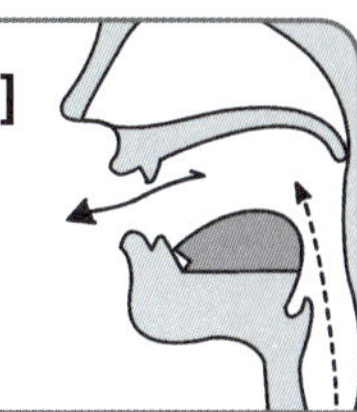

ば [bɑ] 行	は [hɑ] 行
❶ ばつ【罰】／懲罰	はつ【初】／首次
❷ びよう【美容】／美容	ひよう【費用】／費用
❸ ぶた【豚】／豬	ふた【蓋】／蓋子
❹ べん【便】／方便	へん【変】／奇怪的
❺ ぼうそう【暴走】／狂奔	ほうそう【放送】／播放

4 例句說說看

- バスで　蓮公園(はすこうえん)へ　お花見(はなみ)に　行(い)きました。
  我們搭乘巴士到蓮公園去賞花了。【バス<bus>：巴士】

- 馬場(ばば)さんの　母(はは)は　美人(びじん)だ。
  馬場先生的母親是位美女。

- あの　父子(ふし)こそ　武士(ぶし)だ。
  那對父子才是真正的武士。

5 繞口令

坊主(ぼうず)が　屏風(びょうぶ)に　上手(じょうず)に　絵(え)を　描(か)いた。

僧侶在屏風上畫了美麗的圖畫。

[pɑ] 行 的發音

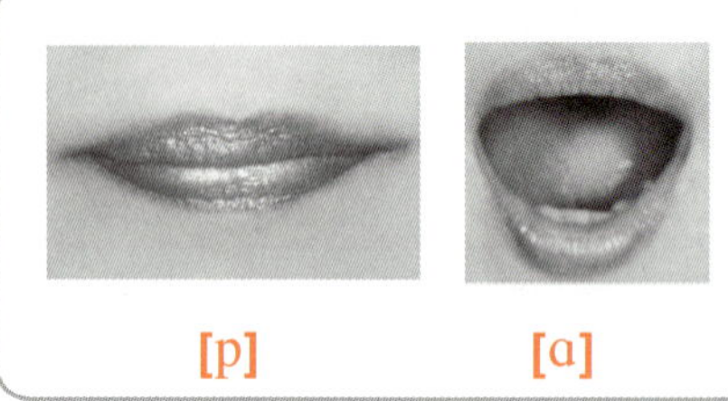

他累到「趴」在桌上就睡著了！

1 假名這樣發音

「ぱ、ぴ、ぷ、ぺ、ぽ」是子音 **[p]** 跟母音 **[ɑ、i、ɯ、e、o]** 拼起來的。**[p]** 的發音部位跟 **[b]** 相同，不同的是不需要振動聲帶。發音時要乾脆。

2 單字聽了就會

在開頭的單字

- ぺらぺら／流利貌
- ぴかぴか／閃亮貌

在中間的單字

- かんぱい【乾杯】／乾杯
- えんぴつ【鉛筆】／鉛筆
- しんぱい【心配】／擔心
- てんぷら【天ぷら】／天婦羅

在字尾的單字

- しんぷ【新婦】／新娘
- さんぽ【散歩】／散步

3 發音比比看

ぱ [pɑ] 的 [p] 是雙唇要緊閉形成阻塞，然後讓氣流衝破阻塞而出。は [hɑ] 的 [h] 是嘴要張開，讓氣流從聲門摩擦而出，發音器官要盡量放鬆，呼氣不要太強。兩者都不要振動聲帶。

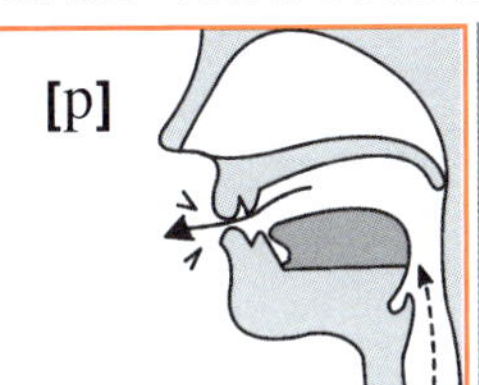

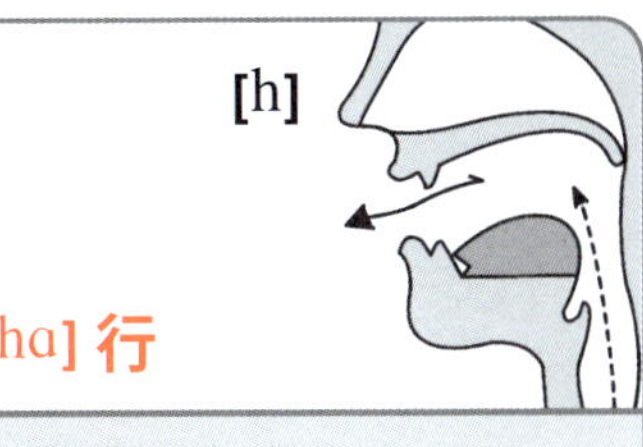

ぱ [pɑ] 行	は [hɑ] 行
❶ ぱい【パイ】／～派	はい【灰】／灰塵
❷ ぴる【ピル】／膠囊	ひる【昼】／中午
❸ ぷろ【プロ】／專家	ふろ【風呂】／浴室
❹ ぺん【ペン】／筆	へん【篇】／篇章
❺ ぽっと【ポット】／保溫瓶	ほっと【ホット】／熱的

4 例句說說看

- ポール（ぽおる）は　ボール（ぼおる）を　買（か）った。
  保羅買了一顆球。【ポール<Paul>：保羅；ボール<ball>：球】

- ペンチ（ぺんち）で　ベンチ（べんち）を　修理（しゅうり）した。
  拿鉗子修理了長椅。【ペンチ<pinchers>：鉗子；ベンチ<bench>：長椅】

- パン屋（ぱんや）の　留守番（るすばん）を　しました。
  我留下來看顧麵包店。【パン<pão>：麵包】

5 繞口令

赤（あか）パジャマ、青（あお）パジャマ、黄（き）パジャマ。

紅色的睡衣、藍色的睡衣、黃色的睡衣。

撥音的發音

track 50

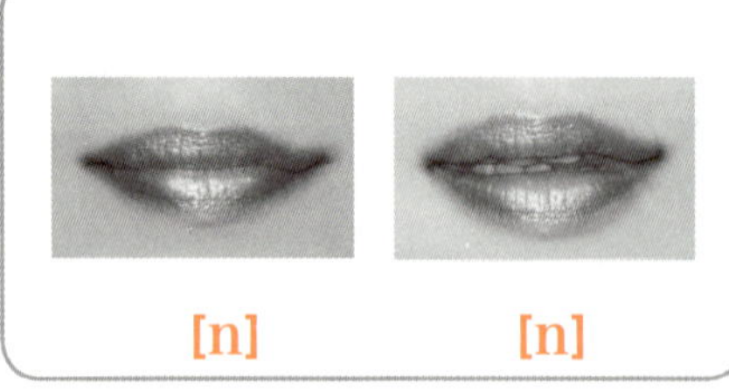

「嗯」！我願意！

1 假名這樣發音

撥音「ん」是 **[n]** 音，像隻變色龍，因為它的發音，會隨著後面發音的不同而受到影響。我們看看下面就知道了。

2 單字聽了就會

雙唇鼻音（在子音 [m] [b] [p] 前面）

- こんぶ【昆布】／昆布
- にんむ【任務】／任務

舌尖鼻音（在子音 [n] [t] [d] [dz] 前面）

- かんじ【漢字】／漢字
- にんにく【大蒜】／大蒜

後舌鼻音（在子音 [k] [g] 前面）

- まんが【漫画】／漫畫
- れんこん【蓮根】／蓮藕

鼻化母音（在子音 [s] [h]、母音、半母音前面）

- しんせつ【親切】／親切的

小舌鼻音（在詞尾、句尾）

- うどん【饂飩】／烏龍麵

3 發音比比看

撥音「ん」跟直音一樣的是都佔一拍。但「ん」不能放在單字的開頭，也不能在促音前面，也不能自相重疊，只能附在其他假名的後面。促音「っ」要停頓一下，佔一拍。促音只在「か、さ、た、ぱ」行前面。

[撥音] 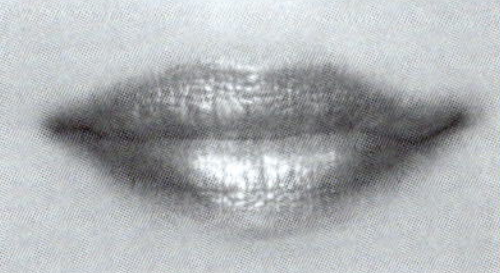	[促音] 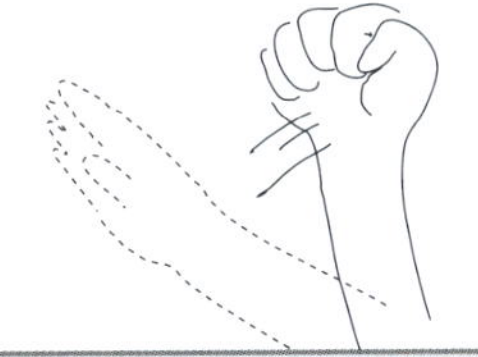
❶ こんき【根気】／耐性	こっき【国旗】／國旗
❷ さんか【参加】／參加	さっか【作家】／作家
❸ しんぱい【心配】／擔心	しっぱい【失敗】／失敗
❹ ぶんたい【文体】／文章體材	ぶったい【物体】／物體

4 例句說說看

- こんばんは。
  晚安。

- 失敗(しっぱい)しても　心配(しんぱい)ありません。
  就算失敗了也不必擔心。

- 人気(にんき)の　作家(さっか)も　参加(さんか)した。
  當紅的作家也參加了。

5 繞口令

犬(いぬ)は　わんわん、馬(うま)は　ひんひん。

狗兒汪汪叫，馬兒嘶嘶吼。

促音的發音

好像話說到一半就「緊急剎車」一樣！

track 51

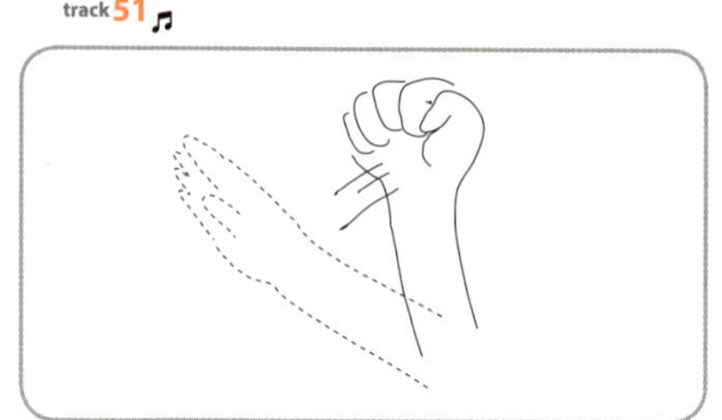

1 假名這樣發音

促音用寫得比較小的假名「っ」表示，片假名是「ッ」。發促音時，嘴形要保持跟它後面的子音一樣，這樣持續停頓約一拍的時間，最後讓氣流衝出去，就行啦！促音只出現在「か、さ、た、ぱ」行前面。

2 單字聽了就會

[kk]

- にっき【日記】／日記
- せっけん【石鹸】／肥皂

[ss]

- ざっし【雑誌】／雜誌
- いっそ／乾脆就～

[tt]

- きって【切手】／郵票
- ずっと／一直

[pp]

- いっぱい【一杯】／很多的
- いっぽ【一歩】／一步

3 發音比比看

直音跟促音的不同，是直音不需要停一拍，促音就要停一拍。

[直音]	[促音]
❶ いせい【異性】／異性	いっせい【一斉】／一起
❷ うた【歌】／歌曲	うった【売った】／賣了
❸ さか【坂】／坡道	さっか【作家】／作家
❹ すぱい【スパイ】／間諜	すっぱい【酸っぱい】／酸的
❺ みつ【蜜】／蜂蜜	みっつ【三つ】／三個
❻ にし【西】／西邊	にっし【日誌】／日記

4 例句說說看

- いってらっしゃい。
  路上小心慢走。

- ちょっと　待(ま)って　ください。
  請等一下。

- スパイ(すぱい)は　酸(す)っぱい　酢(す)を　飲(の)んだ。
  間諜喝了酸醋。【スパイ<spy>：間諜】

5 繞口令

ポット(ぽっと)を　外(そと)に　そっと　置(お)きました。

把保溫瓶輕輕地放在外面。【ポット<pot>：保溫瓶】

長音的發音

track 52

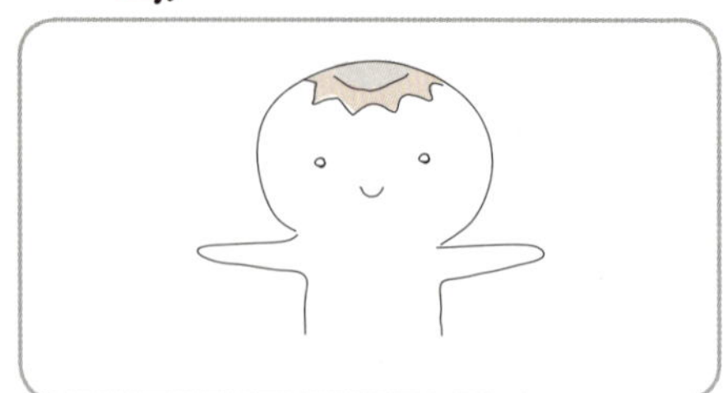

愛得太深，把話拉長：I LOVE「YOU ～」。

1 假名這樣發音

長音就是把假名的母音，拉長一拍唸。除了撥音「ん」跟促音「っ」以外，日語的每個假名都可以發成長音。長音的標示法是，あ段假名後加あ；い段假名後加い；う段假名後加う；え段假名後加い或え；お段假名後加お或う；外來語以「ー」表示。

2 單字聽了就會

ああ [ɑɑ]

- ざあざあ／嘩啦嘩啦（雨聲大）
- おばあさん【お婆さん】／奶奶

いい [ii]

- かわいい【可愛い】／可愛的
- うれしい【嬉しい】／高興的

うう [ɯɯ]

- くうかん【空間】／空間
- すうがく【数学】／數學

えい（ええ）[ee]

- きれい【綺麗】／漂亮的
- へいわ【平和】／和平

おう（おお）[oo]

- おおい【多い】／多的
- おとうさん【お父さん】／父親

3 發音比比看

直音跟長音的不同是，直音不需要拉長一拍，而長音要拉長一拍。

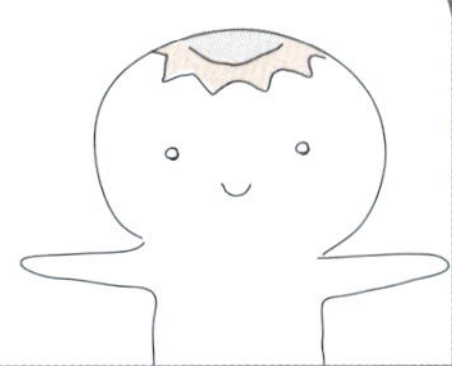

	[直音]	[長音]
❶	いえ【家】／家	いいえ／不
❷	おばさん／阿姨	おばあさん／奶奶
❸	せかい【世界】／世界	せいかい【正解】／正確答案
❹	そこ／那裡	そうこ【倉庫】／倉庫
❺	だす【出す】／拿出	だあす【ダース】／一打
❻	とる【取る】／拿取	とおる【通る】／通過
❼	へや【部屋】／房間	へいや【平野】／平原
❽	ゆき【雪】／雪	ゆうき【勇気】／勇氣

4 例句說說看

- おめでとう　ございます。
  恭喜。
- 四時(よじ)に　用事(ようじ)が　あります。
  四點鐘有事待辦。
- 奥(おく)に　多(おお)くの　本(ほん)が　あります。
  後面有很多書。

5 繞口令

おばさんと　お婆(ばあ)さんが　オーバー(おうばあ)を　着(き)た。

阿姨和奶奶穿了大衣。【オーバー<overcoat之略>：大衣】

拗音的發音

track 53

兩個音合在一起唸，就跟注音符號的「拼音」一樣喔！

1 假名這樣發音

「い」段假名和小的「ゃ、ゅ、ょ」所拼起來的音叫拗音。拗音只讀一拍的長度，共有三十六個，但其中三個音相同，實際上只有三十三個。

2 單字聽了就會

拗音

- ひゃく【百】／一百
- せんしゅ【選手】／選手
- おもちゃ【玩具】／玩具
- きょり【距離】／距離

長拗音

- にゅうがく【入学】／入學
- きょうと【京都】／京都
- ぎゅうにゅう【牛乳】／牛奶
- ちょうど／剛好
- しゅうかん【習慣】／習慣
- ゆうりょう【有料】／需收費

3 發音比比看

拗音跟直音的不同，是拗音是由兩個假名拼成一拍，而直音是一個假名就佔一拍。

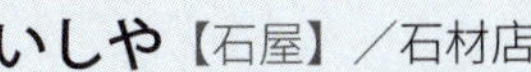

[拗音]	[直音]
❶ いしゃ【医者】／醫生	いしや【石屋】／石材店
❷ きゃく【客】／客人	きやく【規約】／規則
❸ きょう【今日】／今天	きよう【器用】／靈巧
❹ じゅう【十】／十	じゆう【自由】／自由
❺ ひゃく【百】／一百	ひやく【飛躍】／跳躍
❻ びょう【秒】／秒	びよう【美容】／美容

4 例句說說看

- 病院(びょういん)は　郵便局(ゆうびんきょく)の　隣(となり)に　あります。
  醫院在郵局的隔壁。

- 私(わたし)は　医者(いしゃ)だ。石屋(いしや)じゃない。
  我是醫生，不是賣石頭的。

- 10秒(じゅうびょう)で　美容法(びようほう)が　簡単(かんたん)に　できちゃいます。
  只要十秒就能變美的簡易美容法。

5 繞口令

隣(となり)の　客(きゃく)は　よく　柿食(かきく)う　客(きゃく)だ。

旁邊的顧客是常來吃柿子的客人。

1 ア的發音

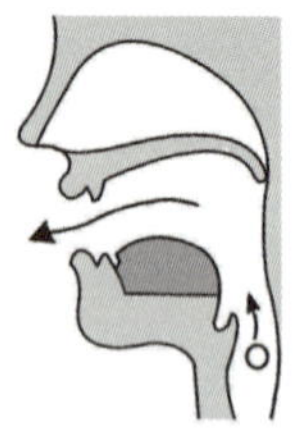

[ɑ]　請參考 P12

張開嘴巴看牙醫的「啊」。

● 單字聽了就會　54

在開頭的單字

- アイ／（eye）眼睛
- アイロン／（iron）熨斗
- アイス／（ice）冰
- アメリカ／（America）美國
- アウト／（out）出局
- アフリカ／（Africa）非洲

在中間的單字

- コアラ／（koala）無尾熊
- エアコン／（air conditioner 之略）冷氣

在字尾的單字

- ヘア／（hair）頭髮
- ココア／（cocoa）可可亞

2 イ 的發音

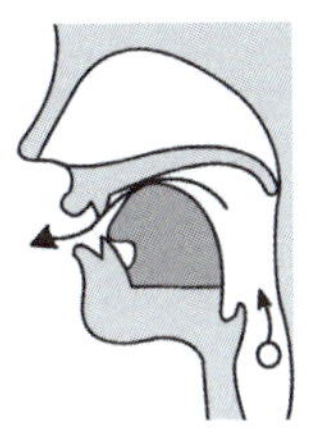

人家不依的「依」。

[i]　請參考 P14

單字聽了就會

55

在開頭的單字

- インク／（ink）墨水
- イエス／（yes）對
- インコ／（鸚哥）鸚鵡
- イルカ／（海豚）海豚

在中間的單字

- サイト／（site）網站
- ミイラ／（< 葡 >mirra）木乃伊
- ライン／（line）線
- スタイル／（style）類型

在字尾的單字

- タイ／（Thai）泰國
- フライ／（fry）油炸

3 ウ的發音

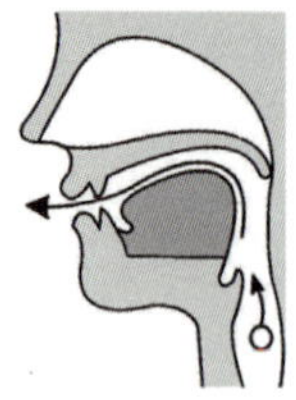

女巫的「巫」。

[ɯ] 請參考 P16

● 單字聽了就會

56

在開頭的單字

- ウイルス／（< 拉丁 >virus）病毒
- ウエスト／（waist）腰部
- ウーマン／（woman）女人
- ウイスキー／（whisky）威士忌酒

在中間的單字

- ハウス／（house）屋子
- カウント／（count）計算
- サウナ／（< 芬蘭 >sauna）三溫暖
- アナウンサー／（announcer）播報員

在字尾的單字

- カウ／（cow）牛
- ノウハウ／（know-how）技術

エ 的發音

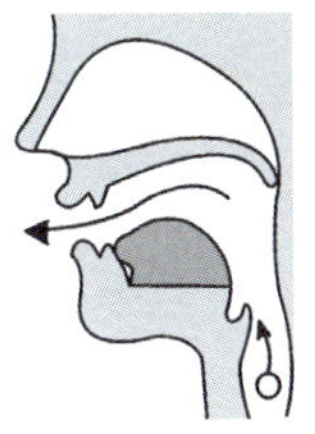

尷尬傻笑的「ㄟ」。

[e] 請參考 P18

● 單字聽了就會 57

在開頭的單字

- エム／（M）英文字母 M
- エリア／（area）區域
- エア／（air）空氣
- エリート／（< 法 > élite）菁英
- エース／（ace）王牌
- エコノミークラス／（economy class）經濟艙

在中間的單字

- ウエア／（wear）衣服
- イエロー／（yellow）黃色

在字尾的單字

- アロエ／（< 拉丁 >aloe）蘆薈
- ソムリエ／（< 法 >sommelier）侍酒師

5 オ的發音

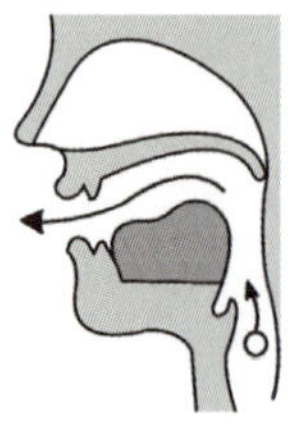

[o]　請參考 P20

回答問題的「喔」。

● **單字聽了就會**

58

在開頭的單字

● **オイル**／（oil）油

● **オーケー**／（OK）沒問題

● **オムライス**／（< 和 >omelet+rice）蛋包飯

● **オレンジ**／（orange）柳橙

● **オンライン**／（on-line）線上

● **オーストラリア**／（Australia）澳洲

在中間的單字

● **タオル**／（towel）毛巾

● **サンオイル**／（< 和 >sun+oil）防曬油

在字尾的單字

● **カカオ**／（< 西 >cacao）可可豆

● **シナリオ**／（scenario）劇本

6 カ 的發音

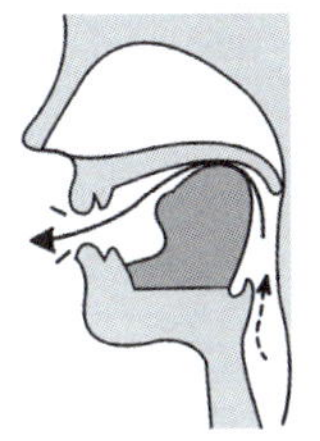

喀嗞喀嗞的「喀」。

[k] 請參考 P22

● 單字聽了就會 59

在開頭的單字

- カー／（car）車子
- カート／（cart）小型手推車
- カメラ／（camera）相機
- カナダ／（Canada）加拿大
- カラー／（color）彩色
- カラメル／（<法>caramel）焦糖

在中間的單字

- スカート／（skirt）裙子
- アメリカン／（American）美國人

在字尾的單字

- スイカ／（西瓜）西瓜
- ハーモニカ／（harmonica）口琴

7 キ 的發音

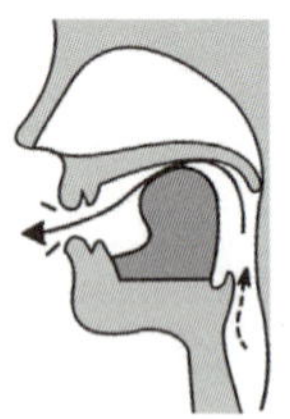

[k]　請參考 P24

KEY-IN 的「KEY」。

● 單字聽了就會

60

在開頭的單字

● キス／（kiss）接吻

● キリン／（麒麟）長頸鹿

● キー／（key）鑰匙

● キオスク／（kiosk）車站販賣亭

● キウイ／（kiwi fruit 之略）奇異果

● キツネ／（狐）狐狸

在中間的單字

● カテキン／（catechin）兒茶素

● テキーラ／（< 西 >tequila）龍舌蘭酒

在字尾的單字

● インキ／（< 荷蘭 >inkt）（舊名）墨水

● ストライキ／（strike）集體罷工

8 ク的發音

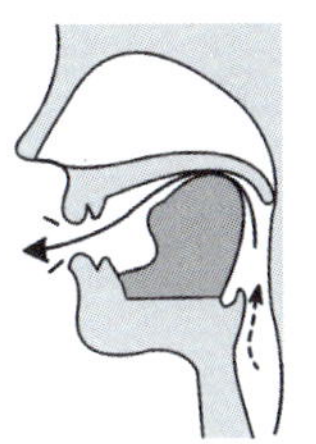

[k]　請參考 P26

妹妹一直哭的「哭」。

● 單字聽了就會

61

在開頭的單字

- クラス／（class）班級
- クイーン／（queen）女王
- クール／（cool）涼爽
- クリーム／（cream）奶油
- クーラー／（cooler）冷氣
- クリスマス／（Christmas）聖誕節

在中間的單字

- オクラ／（okra）秋葵
- スクール／（school）學校

在字尾的單字

- シンク／（sink）水槽
- キスマーク／（< 和 >kiss+mark）唇印

9 ケ 的發音

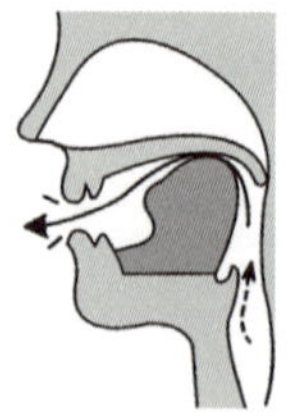

[k] 請參考 P28

通通都 OK 的「K」。

● **單字聽了就會**

62

在開頭的單字

- **ケース**／（case）容器
- **ケニア**／（Kenya）（非洲）肯亞
- **ケーキ**／（cake）蛋糕
- **ケイタイ**／（けいたいでんわ之略）手機

在中間的單字

- **スケート**／（skate）溜冰
- **ネイルケア**／（nail care）指甲保養
- **スキンケア**／（skin care）肌膚保養
- **ハリケーン**／（hurricane）颶風

在字尾的單字

- **カラオケ**／（空 +orchestra）卡拉 OK
- **コロッケ**／（< 法 >croquette）可樂餅

10 コ的發音

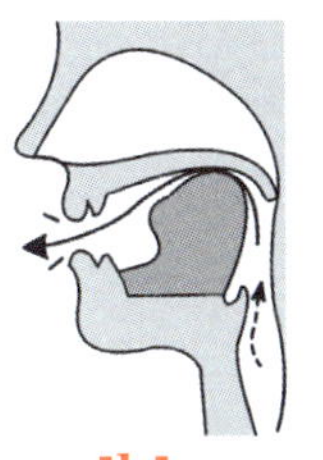

[k] 請參考 P30

小氣鬼很摳的「摳」。

● 單字聽了就會 63

在開頭的單字

- コイン／（coin）硬幣
- コーン／（corn）玉米
- コスト／（cost）費用
- コメント／（comment）評論
- コーラ／（cola）可樂
- コーナー／（corner）角落

在中間的單字

- アンコール／（encore）安可
- アイスコーヒー／（iced coffee）冰咖啡

在字尾的單字

- トルコ／（< 葡 >Turco）土耳其
- パチンコ／（ぱちんこ）柏青哥

11 サ 的發音

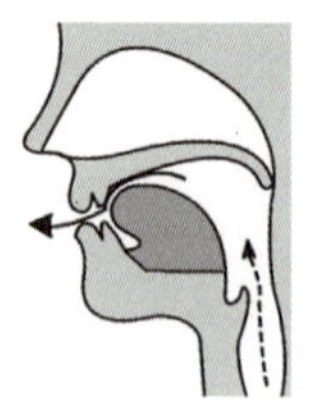

[s]　請參考 P32

花子愛撒嬌的「撒」。

● 單字聽了就會

64

在開頭的單字

- サイン／（sign）簽名
- サーモン／（salmon）鮭魚
- サイレン／（siren）警笛
- サイエンス／（science）科學
- サイダー／（cider）汽水
- サロン／（< 法 >salon）沙龍

在中間的單字

- ミサイル／（missile）飛彈
- リサーチ／（research）調查

在字尾的單字

- アサ／（麻）麻紗
- カーサ／（< 西 >casa）住宅

12 シ的發音

片假名

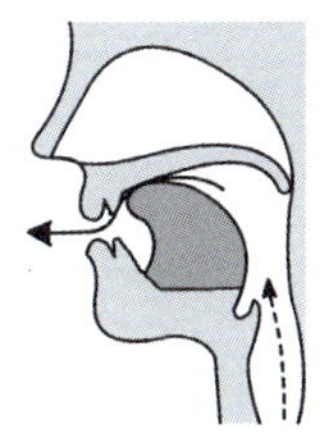

嘻嘻偷笑的「嘻」。

[ʃ] 請參考 P34

● 單字聽了就會

65

在開頭的單字

- シー／（sea）海
- シスター／（sister）姊妹
- シーツ／（sheet）床單
- シアター／（theater）劇場
- シート／（seat）座位
- シーソー／（seesaw）蹺蹺板

在中間的單字

- カルシウム／（< 英 >calcium）鈣質
- マレーシア／（Malaysia）馬來西亞

在字尾的單字

- アオムシ／（青虫）（蝶、蛾）幼蟲
- アルミサッシ／（aluminium sash）鋁製窗框

13 ス 的發音

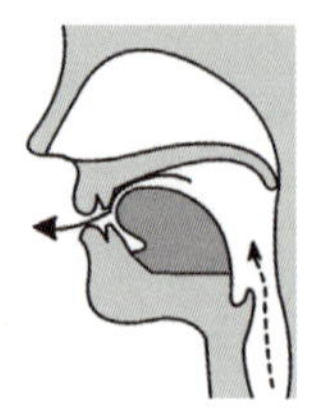

[s]　請參考 P36

全身酥麻的「酥」。

● 單字聽了就會　66

在開頭的單字

- スイス／（Suisse）瑞士
- スコア／（score）得分
- スカイ／（sky）天空
- スキー／（ski）滑雪
- スター／（star）星星
- ステレオ／（stereo）音響

在中間的單字

- キリスト／（< 葡 >Cristo）基督
- システム／（system）系統

在字尾的單字

- コース／（course）路線
- サーカス／（circus）馬戲團

14 セ的發音

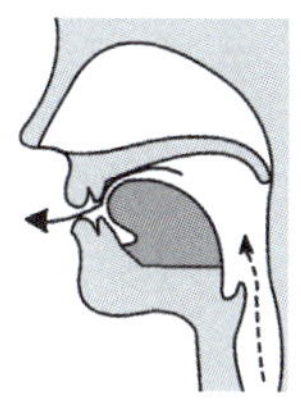

不准 SAY 出去的「SAY」。

[s]　請參考 P38

● 單字聽了就會

67

在開頭的單字

- センチ／（centimeter 之略）公分
- センター／（center）中心
- セール／（sale）拍賣
- セレクト／（select）選擇
- セールス／（sales）販賣
- セメント／（cement）水泥

在中間的單字

- コンセント／（concentric plug 之略）插座
- アクセサリー／（accessory）裝飾品

在字尾的單字

- フランセ／（< 法 >français）法國人
- アクセ／（accessory 之略）裝飾品

15 ソ 的發音

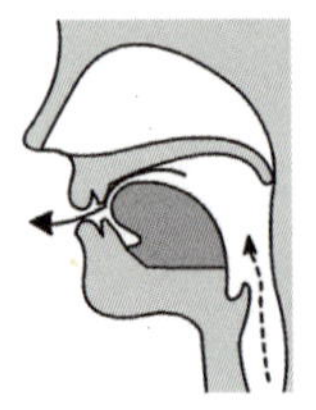

寒風冷颼颼的「颼」。

[s] 請參考 P40

● 單字聽了就會 68

在開頭的單字

- ソフト／（soft）柔軟
- ソーサー／（saucer）茶碟
- ソーダ／（< 荷 >soda）汽水
- ソーセージ／（sausage）香腸
- ソース／（sauce）醬料
- ソフトクリーム／（soft ice cream 之略）霜淇淋

在中間的單字

- カーソル／（cursor）（量尺）游標
- アメリカンソース／（American sauce）美式醬料

在字尾的單字

- イソ／（ISO）國際標準化機構
- ハイソ／（high society 之略）高級的

16 タ 的發音

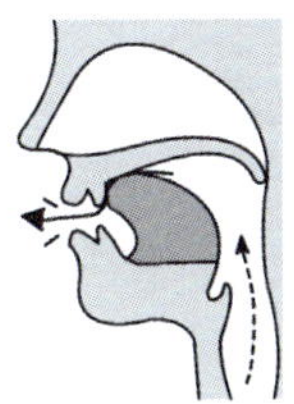

頭髮塌在臉上的「塌」。

[t] 請參考 P42

● 單字聽了就會

69

在開頭的單字

● タンス／衣櫥

● タイワン／（台湾）台灣

● タクシー／（taxi）計程車

● タレント／（talent）藝人

在中間的單字

● モンスター／（monster）怪物

● スタート／（start）開始

● アシスタント／（assistant）助手

● ライター／（lighter）打火機

在字尾的單字

● チータ／（cheetah）印度豹

● サンタ／（Santa Claus 之略）聖誕老人

17 チ的發音

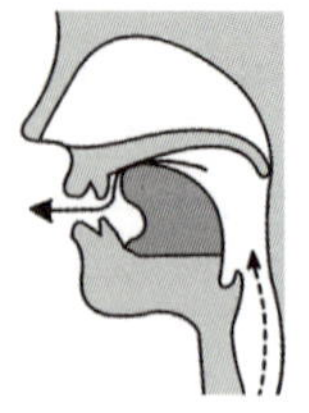

[tʃ] 請參考 P44

花子才七歲的「七」。

- 單字聽了就會

70

在開頭的單字

- チキン／（chicken）雞肉
- チーズ／（cheese）起司
- チーク／（cheek）臉頰
- チープ／（cheap）便宜的
- チーフ／（chief）首領
- チリソース／（Chili sauce）辣味番茄醬

在中間的單字

- スチーム／（steam）蒸汽
- アーチスト／（artist）藝術家

在字尾的單字

- コーチ／（coach）教練
- キムチ／韓國泡菜

18 ツ的發音

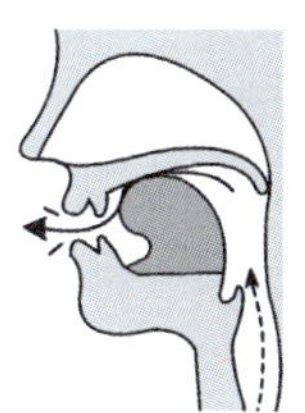

豬公肥滋滋的「滋」。

[ts] 請參考 P46

單字聽了就會

71

在開頭的單字

- ツー／（two）（數字）2
- ツイン／（twin）成對
- ツナ／（tuna）鮪魚
- ツリー／（tree）樹木
- ツアー／（tour）旅行
- ツインルーム／（twin room）雙人房

在中間的單字

- モツゴ／（持子）羅漢魚
- セツルメント／（settlement）社會福利團體

在字尾的單字

- ドイツ／（Deutschland）德國
- パンツ／（pants）褲子

19 テ的發音

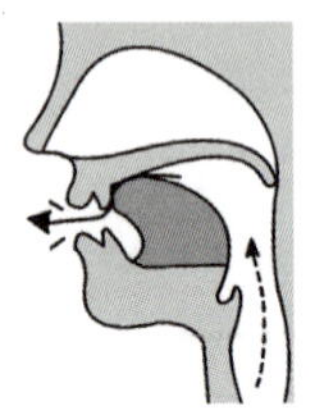

貼到牆上的「貼」。

[t] 請參考 P48

● 單字聽了就會 72

在開頭的單字

● テスト／（test）考試
● テラス／（terrace）陽台
● テニス／（tennis）網球
● テイクアウト／（take-out）外帶

在中間的單字

● モーテル／（motel）汽車旅館
● ステーキ／（steak）牛排
● カーテン／（curtain）窗簾
● ステンレス／（stainless steel 之略）不鏽鋼

在字尾的單字

● カルテ／（< 德 >Karte）病歷表
● エステ／（<法>esthétique 之略）全身美容

ト的發音

小偷偷東西的「偷」。

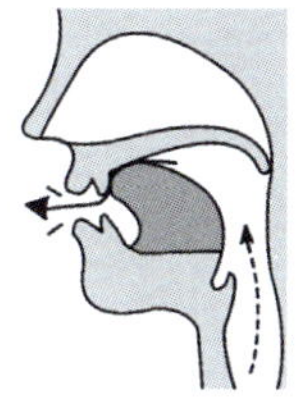

[t]　請參考 P50

● 單字聽了就會

73

在開頭的單字

- トマト／（tomato）蕃茄
- トラック／（truck）貨車
- トライ／（try）嘗試
- トースト／（toast）吐司

在中間的單字

- ストレート／（straight）筆直的
- オーケストラ／（orchestra）管弦樂團

在字尾的單字

- テント／（tent）帳棚
- アート／（art）藝術
- コート／（coat）大衣
- フライト／（flight）飛行

21 ナ的發音

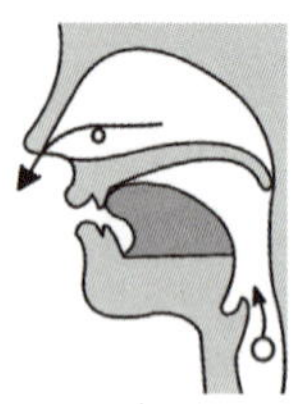

真了不起哪的「哪」。

[n] 請參考 P52

● 單字聽了就會

74

在開頭的單字

● ナイス／（nice）美好的

● ナイフ／（knife）刀子

● ナイト／（night）夜晚

● ナイロン／（nylon）尼龍

在中間的單字

● オーナー／（owner）所有人

● アナウンス／（announce）廣播

在字尾的單字

● バナナ／（banana）香蕉

● アンテナ／（antenna）天線

● カタカナ／（片仮名）片假名

22 ニ 的發音

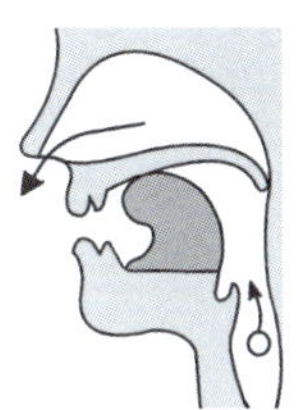

全身都是泥巴的「泥」。

[ɲ] 請參考 P54

單字聽了就會

在開頭的單字

- ニート／（NEET）尼特族（不升學、不就業之群族）
- ニンニク／（大蒜）蒜頭
- ニット／（knit）編織品
- ニコチン／（nicotine）尼古丁

在中間的單字

- ソニー／（Sony）新力（商標）
- ユニーク／（unique）獨一無二的
- モニター／（monitor）監視器
- スニーカー／（sneakers）休閒鞋

在字尾的單字

- ミニ／（mini）迷你的
- ウニ／（海胆）海膽

ヌ 的發音

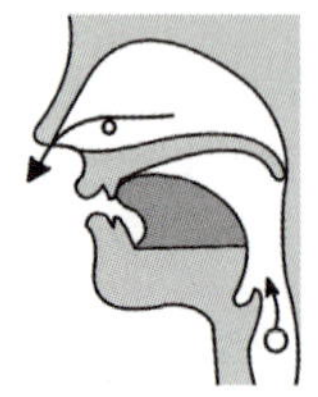

努力就會有結果的「努」。

[n] 請參考 P56

- **單字聽了就會** 76

在開頭的單字

- ヌード／（nude）裸體
- ヌーボー／（< 法 >nouveau）新的
- ヌーン／（noon）正中午
- ヌードル／（noodle）麵條

在中間的單字

- カヌー／（canoe）獨木舟
- スヌーピー／（SNOOPY）史努比
- アヌス／（< 拉丁 >anus）肛門
- アフタヌーン／（afternoon）下午

在字尾的單字

- エヌ／（N）英文字母 N
- アイヌ／愛努族

24 ネ的發音

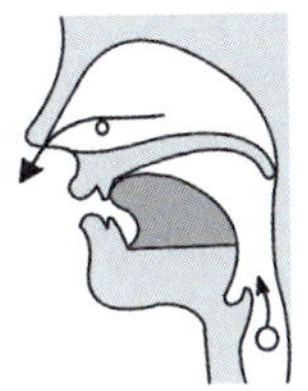

不要氣餒的「餒」。

[n] 請參考 P58

● 單字聽了就會 77

在開頭的單字

- ネオン／（neon sign 之略）霓虹燈招牌
- ネーション／（nation）國家
- ネイル／（nail）指甲
- ネクタイ／（necktie）領帶
- ネーム／（name）名字
- ネックレス／（necklace）項鍊

在中間的單字

- トンネル／（tunnel）隧道
- ハネムーン／（honeymoon）蜜月

在字尾的單字

- エネ／（< 德 >Energie 之略）能源
- ラムネ／（lemonade）彈珠汽水

25 ノ 的發音

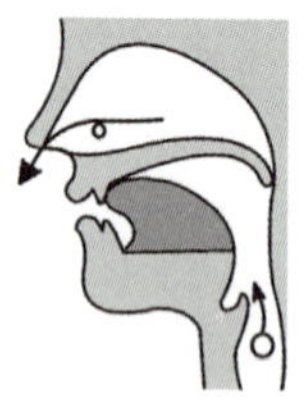

跟甜食說 NO 的「NO」。

[n] 請參考 P60

● 單字聽了就會

78

在開頭的單字

● ノー／（no）不贊成

● ノーベル／（Alfred Bernhard Nobel）諾貝爾

● ノート／（note）筆記本

● ノーメーク／（no makeup 之略）素顏

● ノース／（north）北方

● ノーコメント／（no comment）不予置評

在中間的單字

● モノレール／（monorail）單軌列車

● スノーマン／（snowman）雪人

在字尾的單字

● ピアノ／（piano）鋼琴

● カプチーノ／（<義>cappuccino）卡布奇諾

26 ハ 的發音

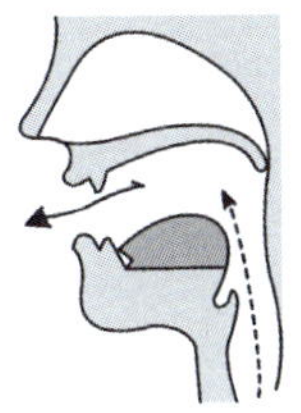

樂得笑哈哈的「哈」。

[h] 請參考 P62

● 單字聽了就會 79

在開頭的單字

- ハイ／（high）高的
- ハンカチ／（handkerchief 之略）手帕
- ハム／（ham）火腿
- ハンサム／（handsome）英俊
- ハート／（heart）心臟
- ハンガー／（hanger）衣架

在中間的單字

- リハーサル／（rehearsal）排演
- スイートハート／（sweetheart）親愛的

在字尾的單字

- アロハ／（aloha）（夏威夷語）阿囉哈
- ヤマハ／（YAMAHA）山葉（商標）

27 ヒ 的發音

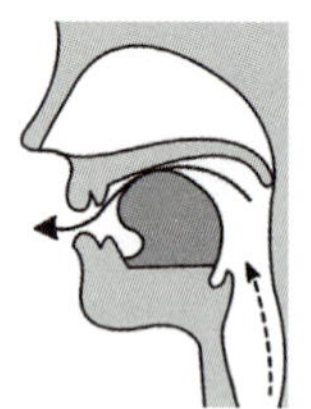

[ç] 請參考 P64

HE 就是他的「HE」。

● 單字聽了就會

80

在開頭的單字

- ヒント／（hint）提示
- ヒーター／（heater）暖爐
- ヒール／（heel）鞋跟
- ヒーロー／（hero）英雄
- ヒロイン／（heroine）女主角
- ヒアリング／（hearing）聽力

在中間的單字

- コーヒー／（coffee）咖啡
- ピンチヒッター／（pinch hitter）代打手

在字尾的單字

- ケイヒ／（桂皮）肉桂皮
- キイロヒヒ／（黄色狒々）黃色狒狒

28 フ的發音

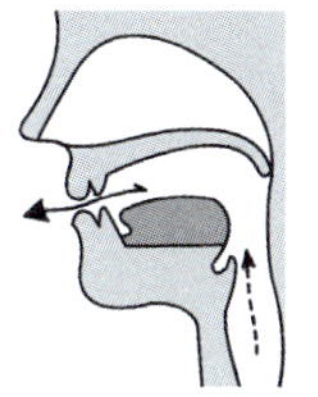

呼呼吹熱湯的「呼」。

[ɸ]　請參考 P66

● 單字聽了就會

81

在開頭的單字

- フランス／（France）法國
- フロント／（front desk 之略）櫃臺
- フルーツ／（fruit）水果
- フリーター／（< 和 > free+Arbeiter< 德 >）自由業

在中間的單字

- マフラー／（muffler）圍巾
- キウイフルーツ／（kiwi fruit）奇異果

在字尾的單字

- オフ／（off）關閉
- ライフ／（life）生活
- セーフ／（safe）安全
- スカーフ／（scarf）絲巾

29 ヘ的發音

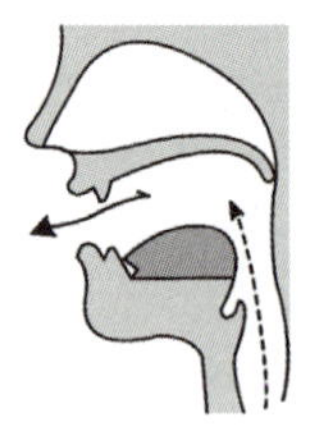

曬得好黑的「黑」。

[h] 請參考 P68

● 單字聽了就會 82

在開頭的單字

● ヘリ／（helicopter 之略）直昇機

● ヘアトリートメント／（hair treatment）護髮

● ヘルス／（health）健康

● ヘラヘラ／傻笑貌

● ヘアカラー／（hair color）染髮劑

● ヘルメット／（helmet）安全帽

在中間的單字

● アヘッド／（ahead）領先

● バウムクーヘン／（<德> Baumkuchen）年輪蛋糕

在字尾的單字

● マヘ／（Mahé）（法）瑪黑島

● レヘ／（Leh）（印度）列城

30 ホ 的發音

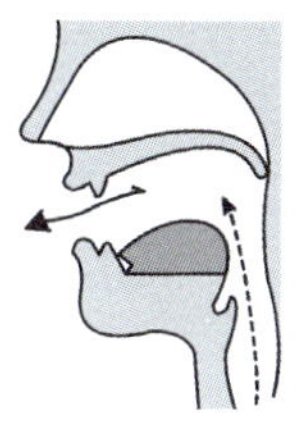

樂得笑齁齁的「齁」。

[h] 請參考 P70

單字聽了就會

83

在開頭的單字

- ホテル／（hotel）飯店
- ホクロ／（黒子）痣
- ホタル／（蛍）螢火蟲
- ホスト／（host）牛郎
- ホース／（< 荷 >hoos）塑膠水管
- ホワイト／（white）白色

在中間的單字

- イヤホン／（earphone）耳機
- テレホン／（telephone）電話

在字尾的單字

- アホ／（阿呆）傻子
- ゴッホ／（Vincent van Gogh）梵谷

31 マ的發音

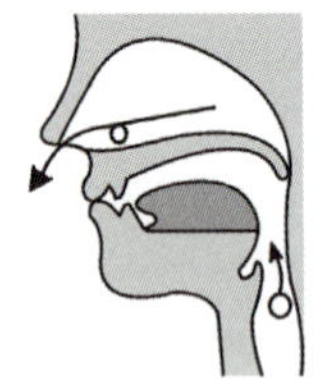

媽媽買菜的「媽」。

[m] 請參考 P72

● 單字聽了就會

84

在開頭的單字

- ママ／（mamma）媽媽
- マウス／（mouse）滑鼠
- マイク／（microphone 之略）麥克風
- マント／（< 法 >manteau）斗蓬
- マスク／（mask）面具
- マラソン／（marathon）馬拉松

在中間的單字

- カメラマン／（cameraman）攝影師
- サラリーマン／（salaried man）上班族

在字尾的單字

- デマ／（< 德 >Demagogie 之略）謠言
- テーマ／（< 德 >Thema）主題

32 ミ 的發音

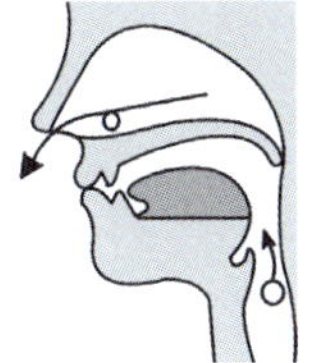

貓咪瞇瞇眼的「咪」。

[m] 請參考 P74

● 單字聽了就會

85

在開頭的單字

- ミス／（miss）失誤
- ミート／（meat）（食用）肉
- ミカン／（蜜柑）橘子
- ミルク／（milk）牛奶
- ミシン／（sewing machine 之略）縫紉機
- ミラー／（mirror）鏡子

在中間的單字

- スタミナ／（stamina）精力
- セミナー／（< 德 >Seminar）研究小組

在字尾的單字

- アルミ／（aluminium 之略）鋁
- マスコミ／（mass communication 之略）媒體

ム的發音

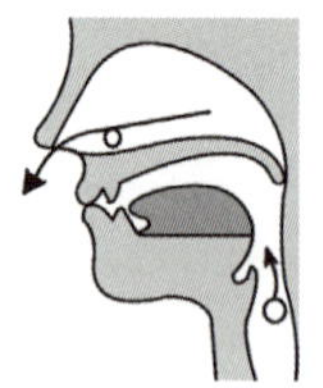

[m] 請參考 P76

給你大拇指的「拇」。

● **單字聽了就會**

86

在開頭的單字

- ムーン／（moon）月亮
- ムーンライト／（moonlight）月光

在中間的單字

- オムツ／尿布
- オムレツ／（omelet）蛋包飯

在字尾的單字

- タイム／（time）時間
- クレーム／（claim）索賠
- チーム／（team）團隊
- クリーム／（cream）奶油
- ルーム／（room）房間
- アーム／（arm）手臂

メ 的發音

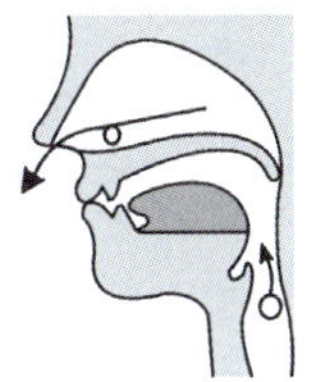

正妹走過來的「妹」。

[m] 請參考 P78

● 單字聽了就會

87

在開頭的單字

- メロン／（melon）哈密瓜
- メーカー／（maker）廠商
- メール／（mail）郵件
- メモリー／（memory）回憶
- メートル／（< 法 >maître）公尺
- メキシコ／（Mexico）墨西哥

在中間的單字

- ラーメン／（拉麵）拉麵
- トーナメント／（tournament）淘汰賽

在字尾的單字

- アニメ／（animation 之略）動畫
- オートメ／（automation 之略）自動

モ 的發音

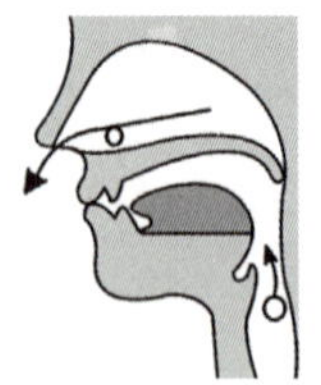

牛在哞哞叫的「哞」。

[m]　請參考 P80

● 單字聽了就會　88

在開頭的單字

- モノ／（mono）單獨的
- モンキー／（monkey）猴子
- モモ／（桃）桃子
- モノレール／（monorail）單軌列車
- モノクロ／（monochrome 之略）黑白相片
- モーター／（motor）馬達

在中間的單字

- ユーモア／（humor）幽默感
- カモメ／（鴎）海鷗

在字尾的單字

- メモ／（memo）便條
- サツマイモ／（甘藷）蕃薯

36 ヤ 的發音

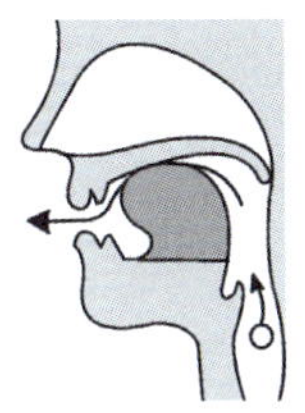

鴨子跑出來的「鴨」。

[j] 請參考 P82

● 單字聽了就會 89

在開頭的單字

● ヤシ／（椰子）椰子

● ヤード／（yard）庭院

● ヤーン／（yarn）毛線

● ヤンキース／（New York Yankees 之略）紐約洋基隊

在中間的單字

● ロイヤル／（royal）皇家的

● ドライヤー／（dryer）烘乾機

在字尾的單字

● イヤ／（ear）耳朵

● ワイヤ／（wire）電線

● タイヤ／（tire）輪胎

● ヒマラヤ／（Himalaya）喜馬拉雅山

37 ユ的發音

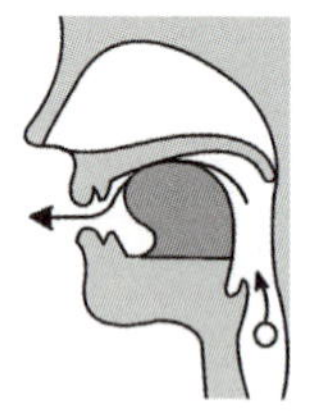

第一名是 YOU 的「YOU」。

[j]　請參考 P84

- 單字聽了就會

90

在開頭的單字

- ユー／（you）你
- ユーザー／（user）使用者
- ユリ／（百合）百合花
- ユニホーム／（uniform）制服
- ユース／（use）使用
- ユーターン／（U-turn）U 字型迴轉

在中間的單字

- アユタヤ／（Ayutthaya）（泰國）阿瑜陀耶
- ホームユース／（< 和 >home+use）自家用

在字尾的單字

- ラーユ／（辣油）辣油
- エマーユ／（< 法 >émail）七寶燒（景泰藍）

38 ヨ 的發音

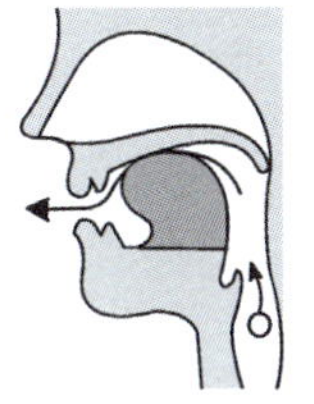

[j]　請參考 P86

唉喲滑一跤的「喲」。

● 單字聽了就會　91

在開頭的單字

- ヨガ／（< 梵 >yoga）瑜伽
- ヨーグルト／（< 德 >Yoghurt）優格

在中間的單字

- リヨン／（Lyon）（法國）里昂
- ヨーヨー／（yo-yo）溜溜球
- クレヨン／（< 法 >crayon）蠟筆
- マヨネーズ／（< 法 >mayonnaise）美乃滋
- キヨスク／（KIOSK）（舊名）車站販賣亭
- ニューヨーク／（New York）紐約

在字尾的單字

- オヨ／（Oyo）（非洲）奧約
- イトヨ／（糸魚）三棘刺魚

39 ラ 的發音

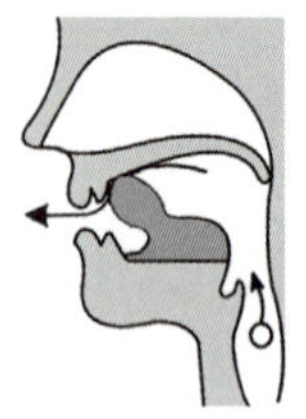

[ɾ] 請參考 P88

他真邋遢的「邋」。

● 單字聽了就會

92

在開頭的單字

- ライス／（rice）米飯
- ランク／（rank）等級
- ランチ／（lunch）午餐
- ラスト／（last）最後
- ライト／（light）燈光
- ライオン／（lion）獅子

在中間的單字

- カラス／（烏）烏鴉
- イラスト／（illustration 之略）插畫

在字尾的單字

- カステラ／（< 葡 >pão de Castelha）蜂蜜蛋糕
- コカコーラ／（Coca-Cola）可口可樂（商標）

リ 的發音

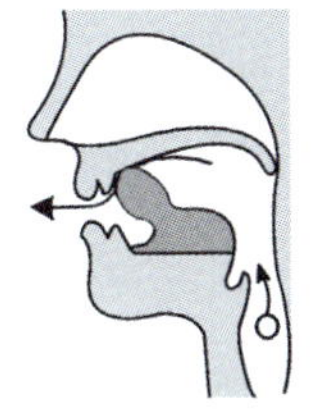

你家不錯哩的「哩」。

[r]　請參考 P90

- 單字聽了就會

在開頭的單字

- リスト／（list）清單
- リンス／（rinse）潤髮乳
- リレー／（relay）接力
- リクエスト／（request）要求
- リンク／（link）連結
- リサイクル／（recycle）回收

在中間的單字

- クリア／（clear）過關
- コンクリート／（concrete）水泥

在字尾的單字

- セロリ／（celery）芹菜
- カミソリ／（剃刀）刮鬍刀

41 ル的發音

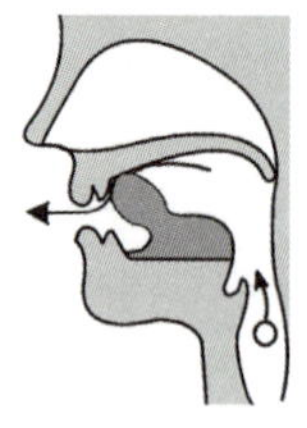

咕嚕滾下來的「嚕」。

[r]　請參考 P92

● 單字聽了就會

94

在開頭的單字

- ルール／（rule）規則
- ルネサンス／（< 法 >Renaissance）（歐洲 14 世紀）文藝復興

在中間的單字

- フルート／（flute）長笛
- ヘルシー／（healthy）健康的

在字尾的單字

- リアル／（real）真實的
- スマイル／（smile）笑容
- カエル／（蛙）青蛙
- カクテル／（cocktail）雞尾酒
- ソウル／（soul）靈魂
- タイトル／（title）標題

レ 的發音

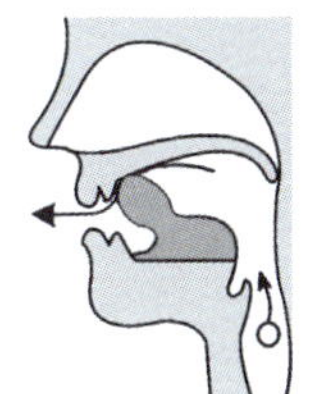

我的銅鑼燒咧的「咧」。

[r]　請參考 P94

● **單字聽了就會** 95

在開頭的單字

- レタス／（lettuce）萵苣
- レース／（race）速度競賽
- レモン／（lemon）檸檬
- レシート／（receipt）收據
- レフト／（left）左邊
- レストラン／（< 法 >restaurant）餐廳

在中間的單字

- クレーン／（crane）起重機
- ナレーター／（narrator）旁白

在字尾的單字

- トイレ／（toilet 之略）廁所
- インフレ／（inflation 之略）通貨膨脹

ロ的發音

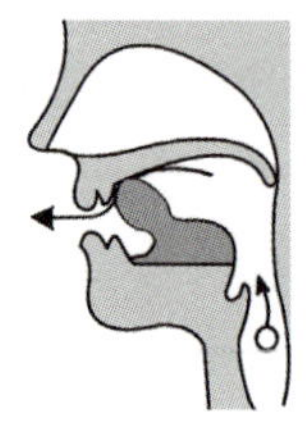

[r]·請參考 P96

哈囉打招呼的「囉」。

● **單字聽了就會** 96

在開頭的單字

- **ロケ**／（location 之略）外景
- **ローン**／（loan）貸款
- **ロース**／（roast）里脊肉
- **ロマンス**／（romance）羅曼史
- **ローマ**／（Roma）羅馬
- **ロング**／（long）長的

在中間的單字

- **カロリー**／（calorie）卡路里
- **クロール**／（crawl）自由式

在字尾的單字

- **ゼロ**／（zero）零
- **ソロ**／（< 義 >solo）獨奏

44 ワ、ヲ的發音

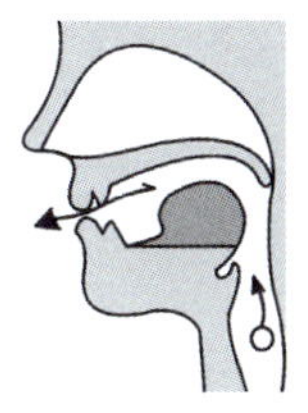

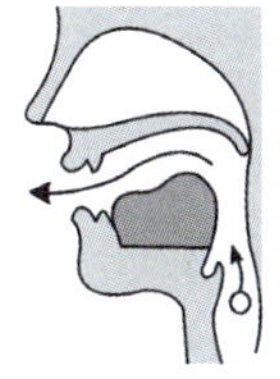

青蛙呱呱叫的「蛙」。

[w]　　[o] 請參考 P98

● 單字聽了就會

97

在開頭的單字

- ワン／（one）（數字）1
- ワーク／（work）工作
- ワイン／（wine）葡萄酒
- ワイフ／（wife）妻子
- ワルツ／（waltz）華爾滋
- ワープロ／（word processor之略）文字處理機

在中間的單字

- スワン／（swan）天鵝
- ハワイ／（Hawaii）夏威夷

在字尾的單字

- チワワ／（Chihuahua）吉娃娃
- アワ／（粟）小米

在句子中間

- ネクタイを（ヲ）買（か）います。／買領帶。

45 ガ行 的發音

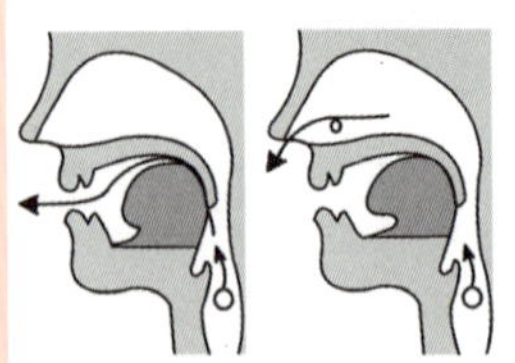

[g]　[ŋ] 請參考 P100

烏鴉嘎嘎叫的「嘎」。

※ ガ行在詞中、詞尾發音 [ŋ]。
用後舌頂住軟顎，讓氣流從鼻腔流出。

● 單字聽了就會　98

在開頭的單字

- ガラス／（< 荷 >glas）玻璃
- ゲーム／（game）遊戲
- ギター／（guitar）吉他
- ゴルフ／（golf）高爾夫球

在中間的單字

- イギリス／（< 葡 >Inglêz）英國
- サングラス／（sunglasses）太陽眼鏡

在字尾的單字

- ウサギ／（兎）兔子
- イヤリング／（earring）耳環

ザ行 的發音

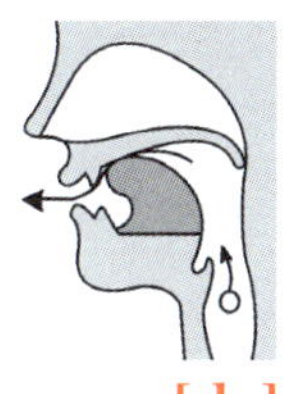

[dz]

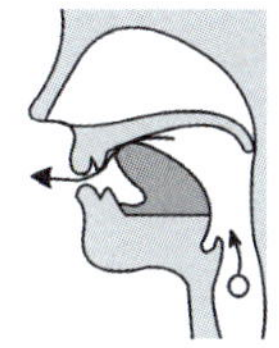

[dʒ] 請參考 P102

把襯衫紮好的「紮」。

※[dʒ] 要把舌葉抵住上齒齦，讓氣流從縫隙中摩擦而出。要振動聲帶喔！

● **單字聽了就會**

在開頭的單字

- ゼリー／（jelly）果凍
- ズボン／（< 法 >jupon）西裝褲

在中間的單字

- レーザー／（laser）雷射
- リズム／（rhythm）節奏
- ラジオ／（radio）收音機
- リゾート／（resort）度假勝地

在字尾的單字

- サイズ／（size）尺寸
- オレンジ／（orange）柳橙

47 ダ行 的發音

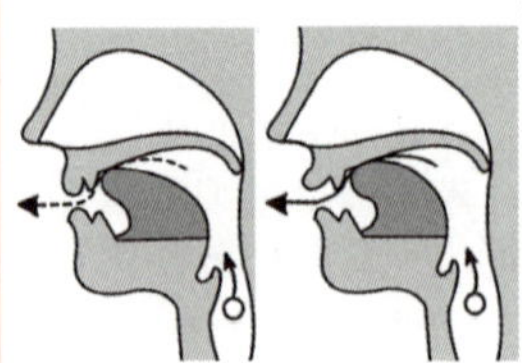

請參考 P104

要搭公車的「搭」。

● 單字聽了就會 100

在開頭的單字

- ドア／（door）門
- デスク／（desk）書桌
- ダンス／（dance）跳舞
- ドラマ／（drama）戲劇

在中間的單字

- モデル／（model）模特兒
- サンダル／（sandal）涼鞋

在字尾的單字

- サラダ／（salad）沙拉
- ハンド／（hand）手

バ行 的發音

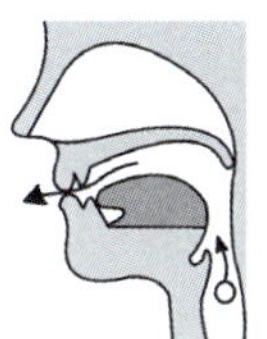

媽媽是歐巴桑的「巴」。

[b] 請參考 P106

單字聽了就會

101

在開頭的單字

- バス／（bus）巴士
- ベルト／（belt）皮帶
- ブラシ／（brush）刷子
- ボール／（ball）球

在中間的單字

- アルバイト／（< 德 >Arbeit）打工
- コンビニ／（convenience store 之略）便利商店

在字尾的單字

- テレビ／（television 之略）電視
- クラブ／（club）俱樂部

49 パ行 的發音

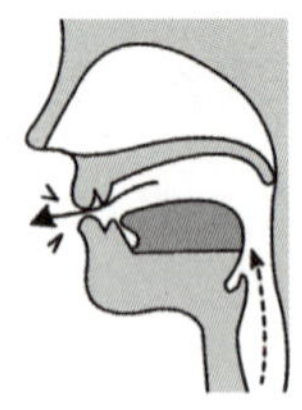

[p]　請參考 P108

趴在桌上的「趴」。

● 單字聽了就會　102

在開頭的單字

- パン／（< 葡 >pão）麵包
- ピザ／（< 義 >pizza）披薩
- ペン／（pen）筆
- プリン／（pudding）布丁

在中間的單字

- コピー／（copy）影印
- スポーツ／（sports）運動
- エプロン／（apron）圍裙

在字尾的單字

- スープ／（soup）湯

撥音 的發音

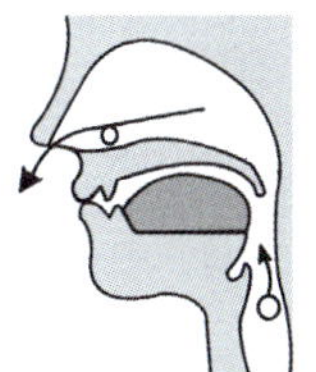

嗯，我願意的「嗯」。

[n]　　請參考 P110

● 單字聽了就會

雙唇鼻音／（在子音 [m][b][p] 前面）

- コンビニ／（convenience store 之略）便利商店
- トランプ／（trump）撲克牌

舌尖鼻音／（在子音 [n][t][d][dz] 前面）

- スポンジ／（sponge）海綿

後舌鼻音／（在子音 [k][g] 前面）

- インク／（ink）墨水
- ドリンク／（drink）飲料

鼻化母音／（在子音 [s][h]、母音、半母音前面）

- ダンサー／（dancer）舞者

小舌鼻音／（在字尾、句尾）

- パン／（< 葡 >pão）麵包
- プレゼン／（presentation 之略）簡報

51 促音 的發音

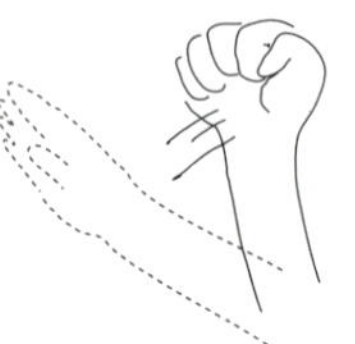

話說一半，緊急剎車！

請參考 P112

● 單字聽了就會

[kk]

● サッカー／（soccer）足球
● ソックス／（socks）短襪

[ss]

● マッサージ／（massage）按摩
● レッスン／（lesson）課程

[tt]

● チケット／（ticket）票
● ヨット／（yacht）遊艇

[pp]

● コップ／（< 荷 >kop）玻璃杯

[gg]

● バッグ／（bag）皮包

52 長音的發音

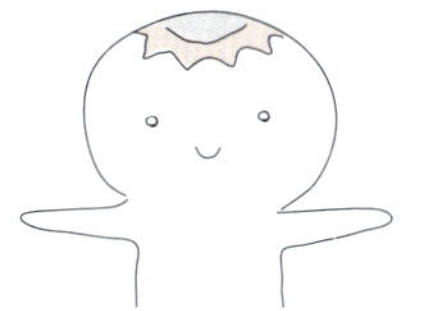

伸展雙臂，拉長發音。

請參考 P114

單字聽了就會

105

アー [aa]

- カード／（card）卡片
- アパート／（apartment house 之略）公寓

イー [ii]

- リーダー／（leader）領袖
- シーツ／（sheet）床單

ウー [uu]

- スーパー／（supermarket 之略）超市
- ムービー／（movie）電影

エー [ee]

- ブレーキ／（brake）煞車
- デート／（date）約會

オー [oo]

- オートバイ／（< 和 >auto+bicycle）摩托車
- コート／（coat）大衣

53 拗音的發音

請參考 P116

就像注音符號，多個假名一起唸。

● 單字聽了就會

106

拗音

- キャベツ／（cabbage）高麗菜
- ドキュメンタリー／（documentary）紀錄片
- チャンピオン／（champion）冠軍
- チョコ／（chocolate 之略）巧克力

長拗音

- シャープ／（sharp）鮮明的
- バーベキュー／（barbecue）BBQ 烤肉
- キュート／（cute）可愛的
- サンキュー／（thank you）謝謝
- シュークリーム／（< 法 > chou à la crème）奶油泡芙
- ショート／（short）短的

特殊拗音 的發音

好多個音一起唸，就像在說英文一樣。

● 單字聽了就會

ア

- ファイル／（file）檔案
- ファッション／（fashion）時尚流行

イ

- フィルム／（film）底片
- メディア／（media）媒體

エ

- チェック／（check）檢查
- チェーン／（chain）鍊子

オ

- フォーク／（fork）叉子
- フォーラム／（forum）研討會

平假名習字帖

① 先模仿，照著範本描寫
② 提高難度，看著範本練習寫
③ 不斷的練習，然後不看範本寫寫看
④ 成功寫出漂亮假名，跟範本一模一樣！

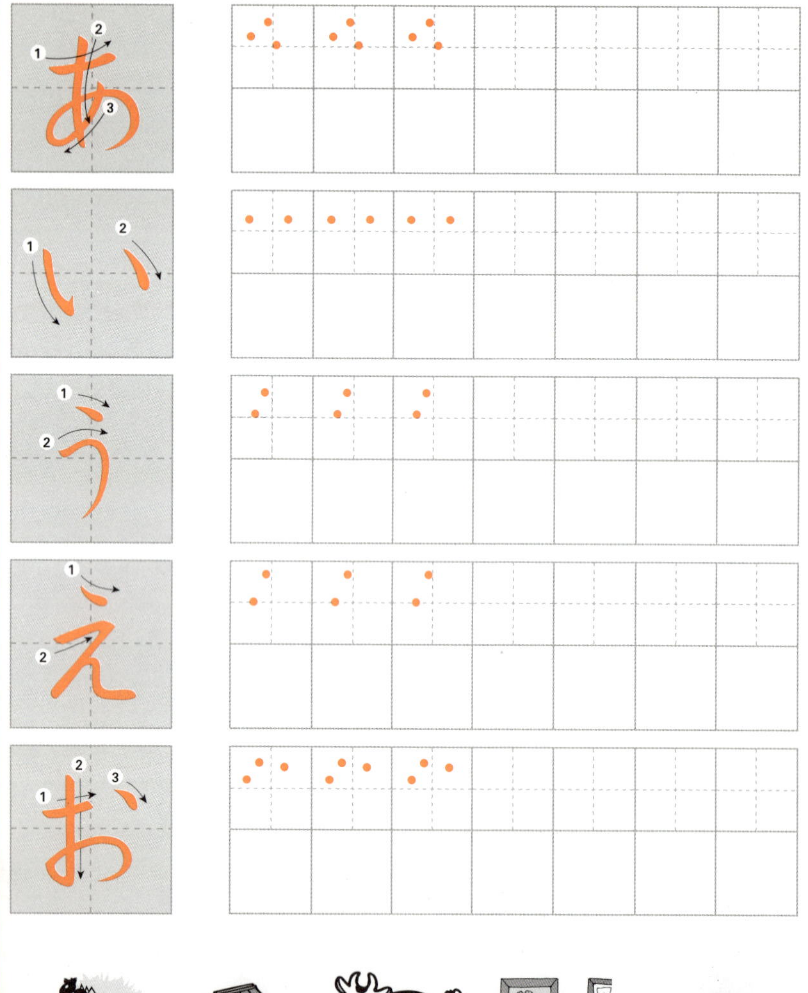

ありLf
螞蟻

いえ
家

うし
牛

え
繪畫

おけ
木桶

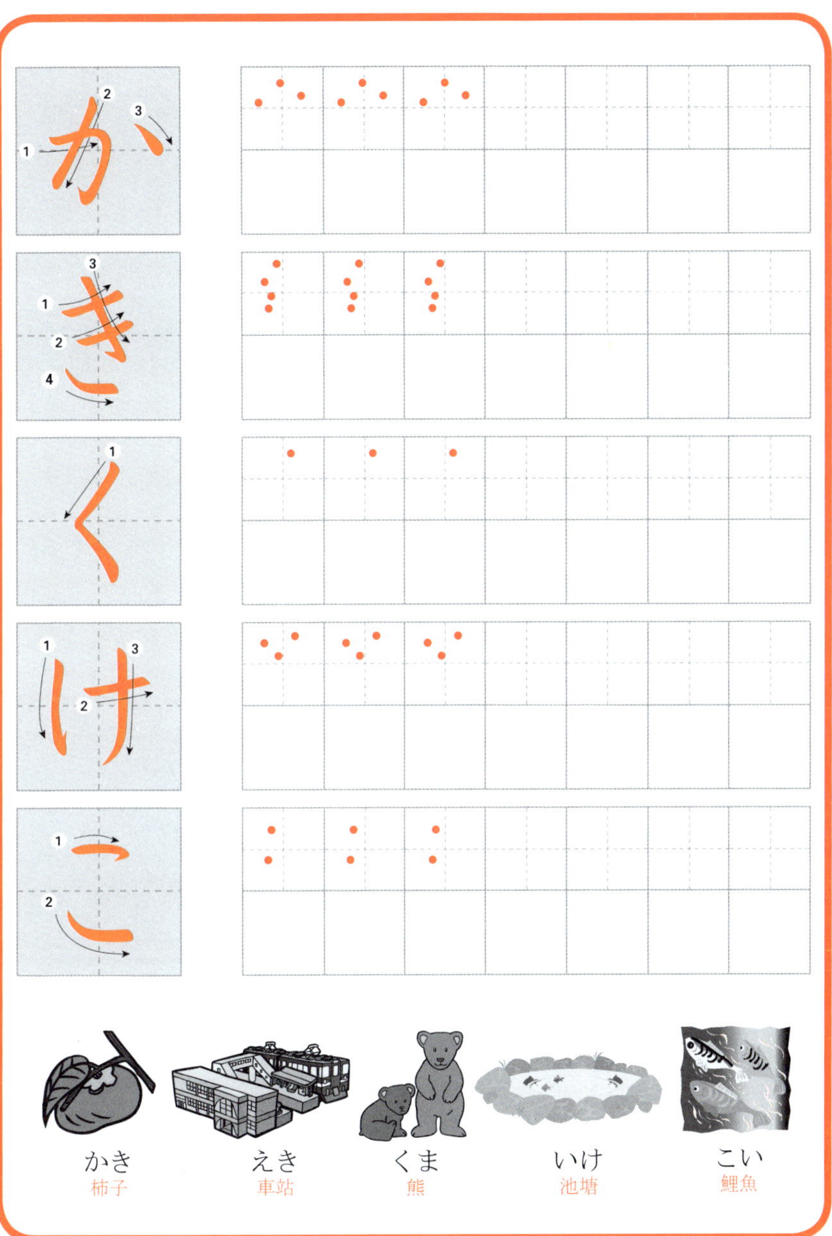
か
き
く
け
こ
かき
柿子
えき
車站
くま
熊
いけ
池塘
こい
鯉魚

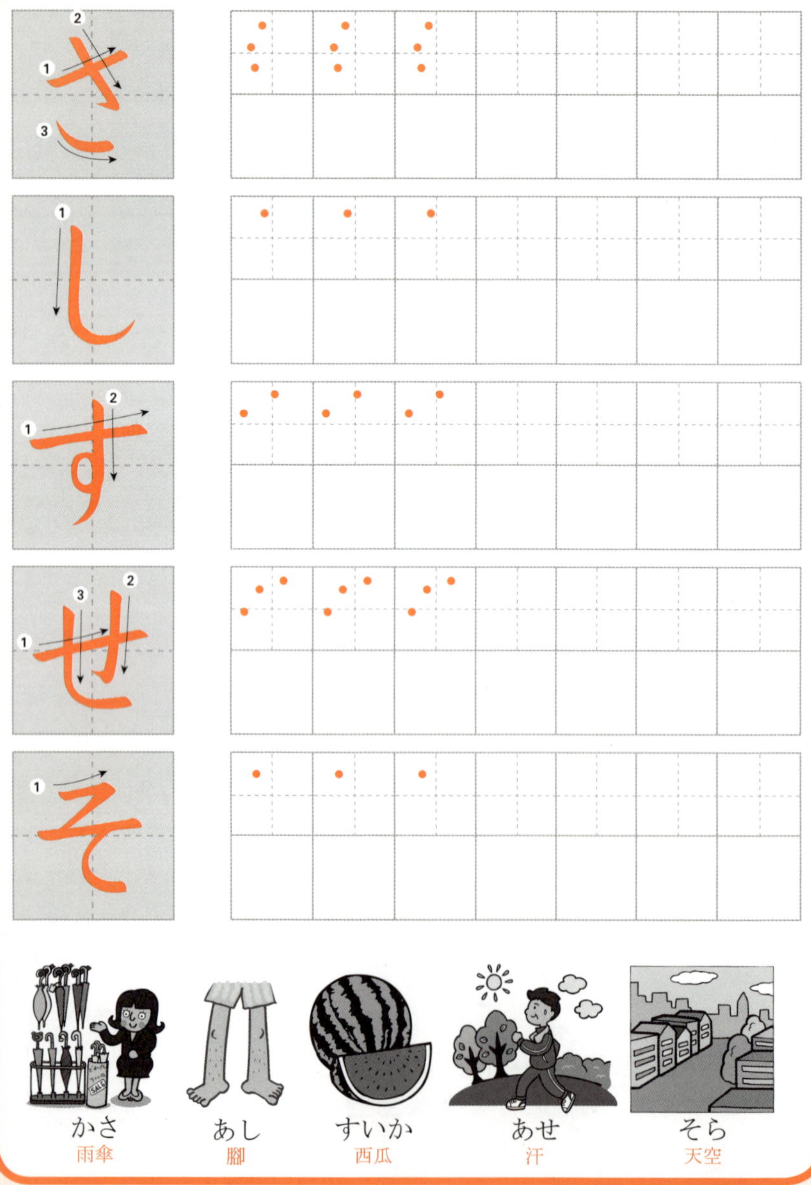
さ
し
す
せ
そ
かさ
雨傘
あし
腳
すいか
西瓜
あせ
汗
そら
天空

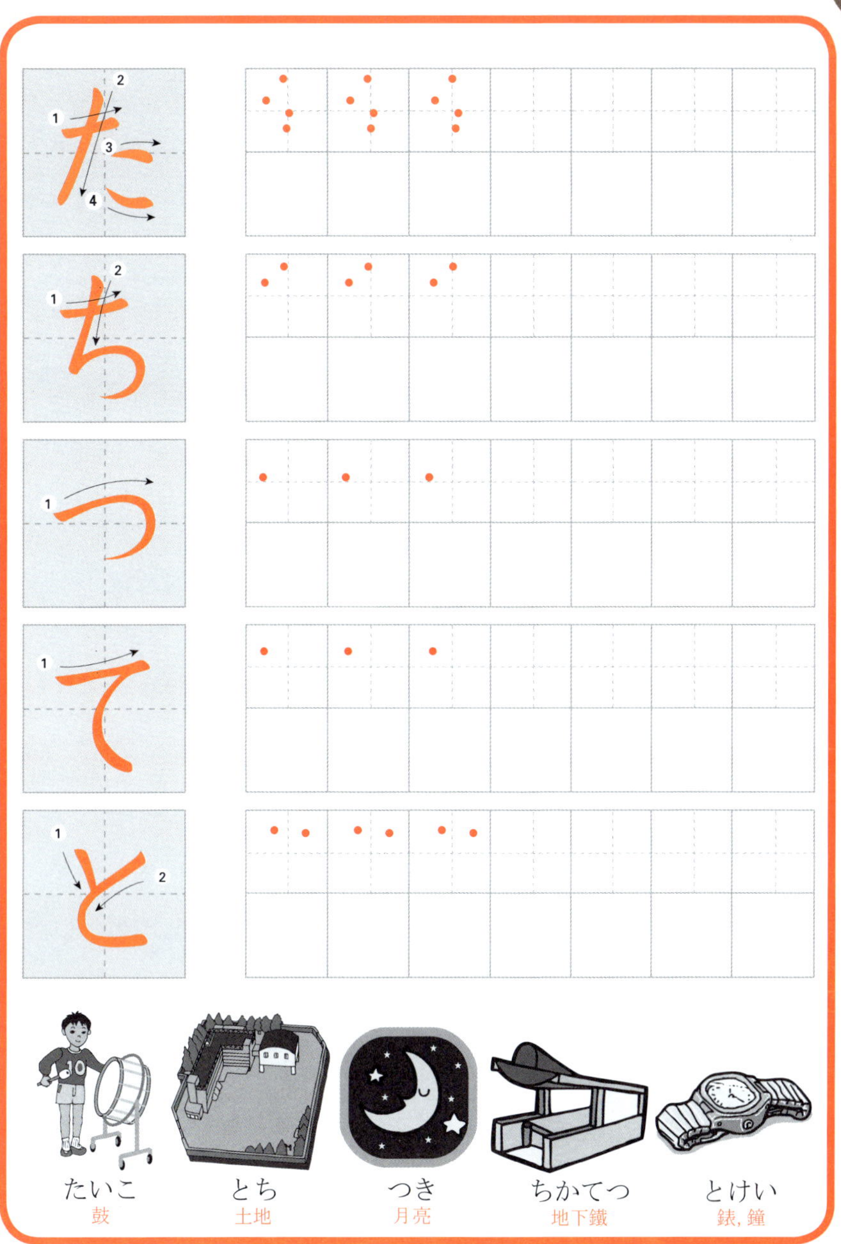
た
ち
つ
て
と
たいこ
鼓
とち
土地
つき
月亮
ちかてつ
地下鐵
とけい
錶, 鐘

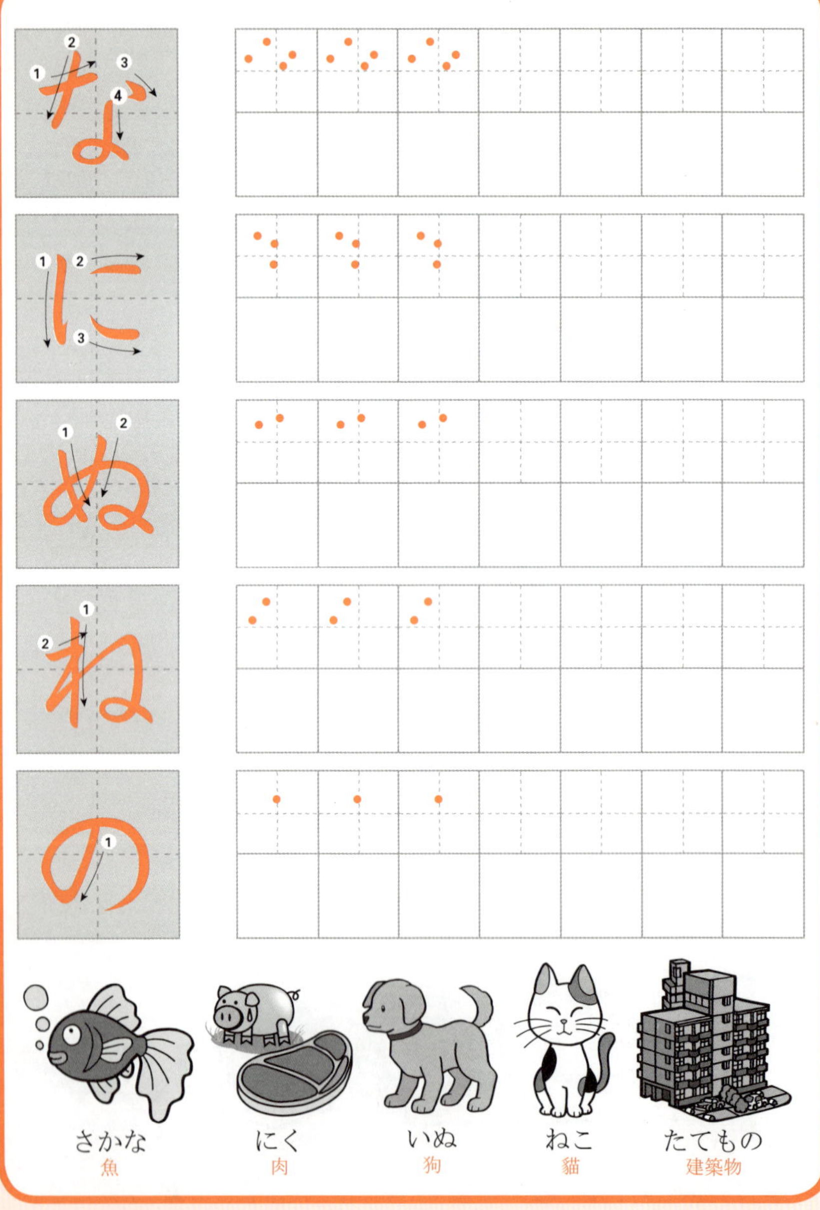
なにぬねの
さかな
魚
にく
肉
いぬ
狗
ねこ
貓
たてもの
建築物

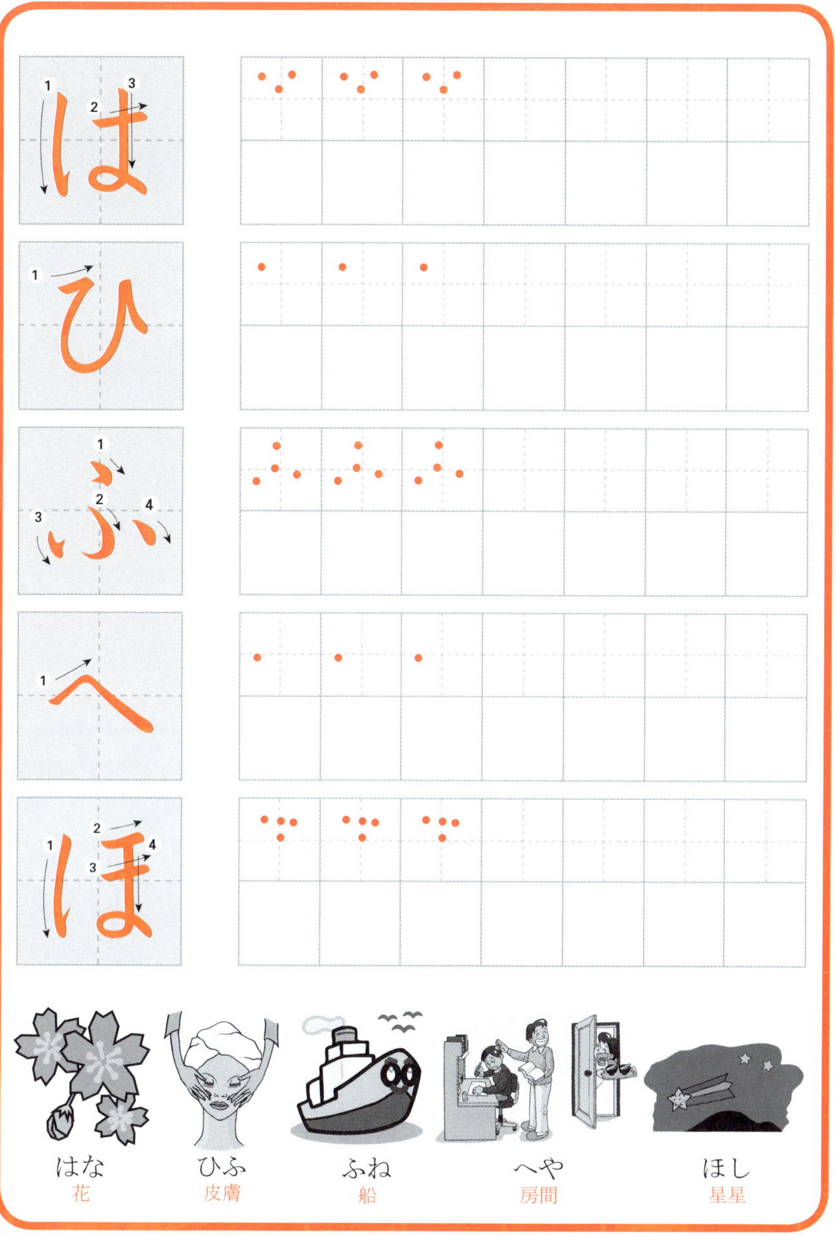

はな
花

ひふ
皮膚

ふね
船

へや
房間

ほし
星星

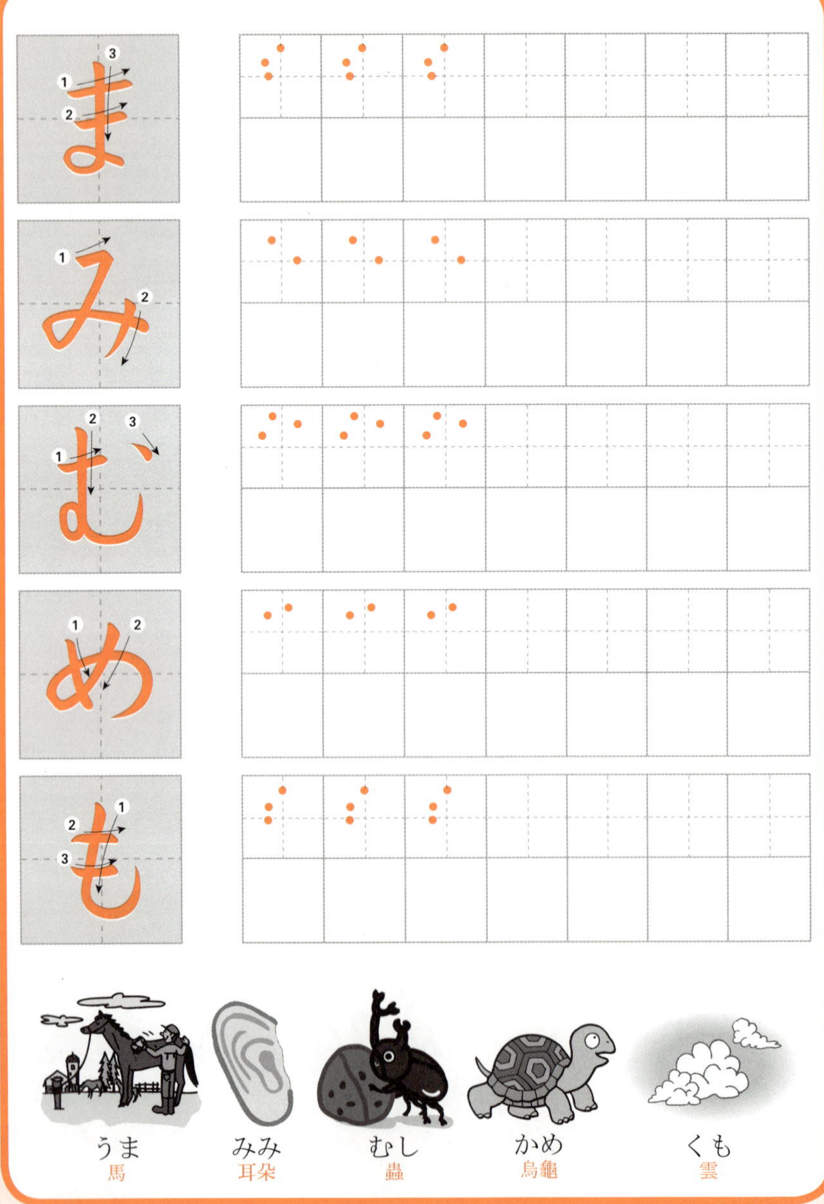
1 2 3
ま
1 2
み
1 2 3
む
1 2
め
1 2 3
も
うま
馬
みみ
耳朵
むし
蟲
かめ
烏龜
くも
雲

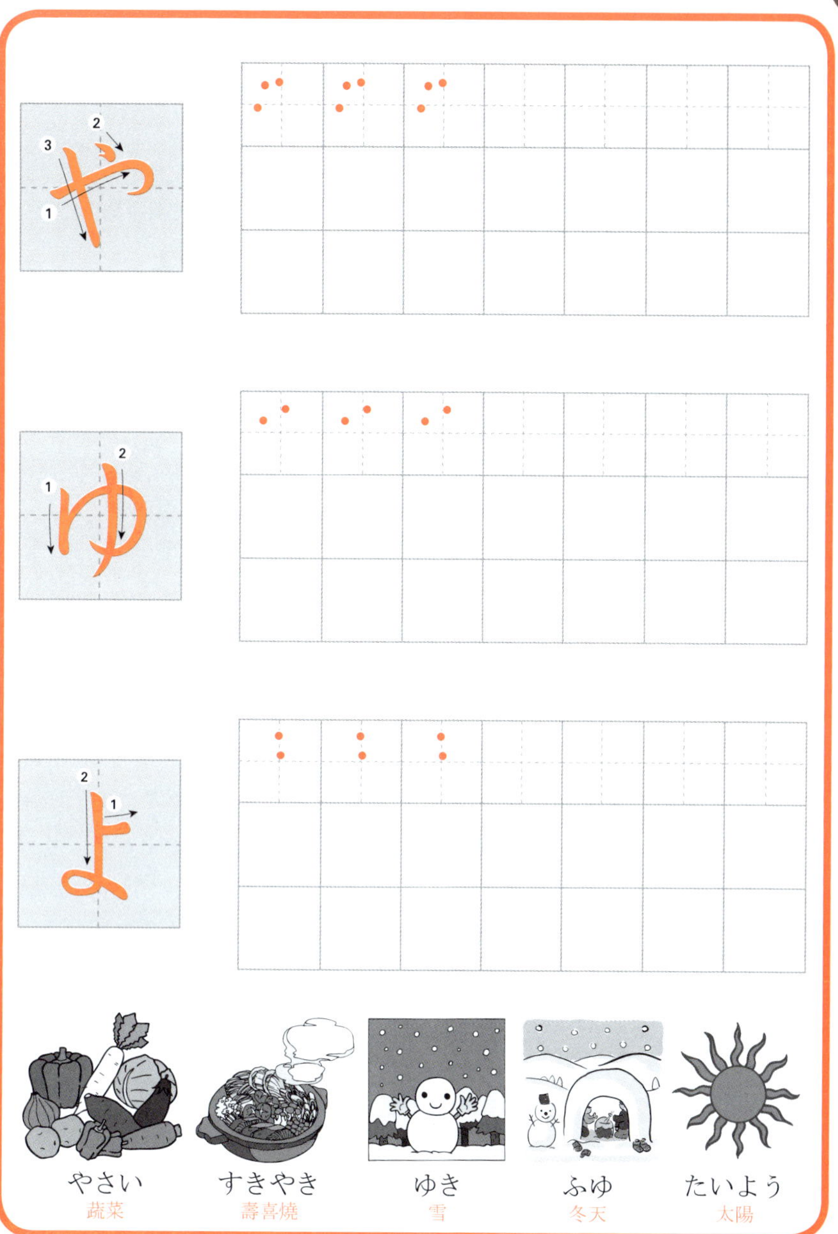
や
ゆ
よ
やさい
蔬菜
すきやき
壽喜燒
ゆき
雪
ふゆ
冬天
たいよう
太陽

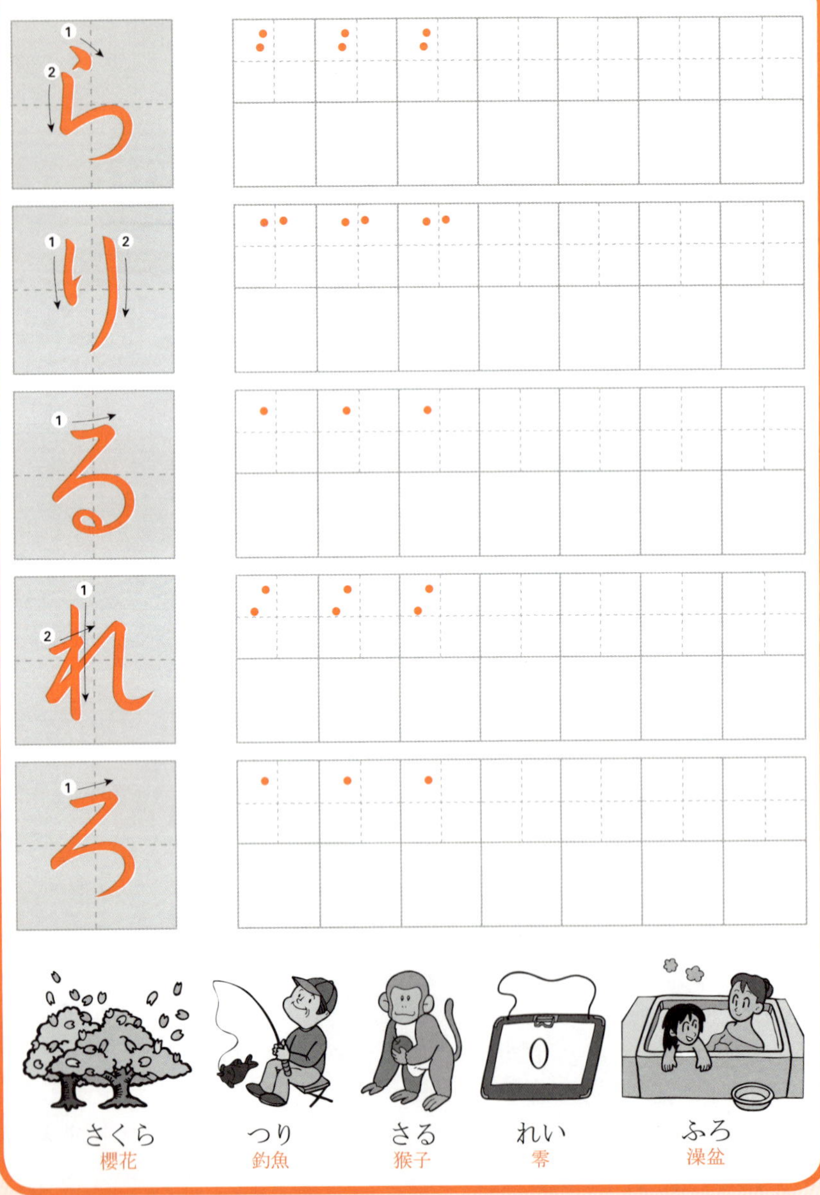

さくら
櫻花

つり
釣魚

さる
猴子

れい
零

ふろ
澡盆

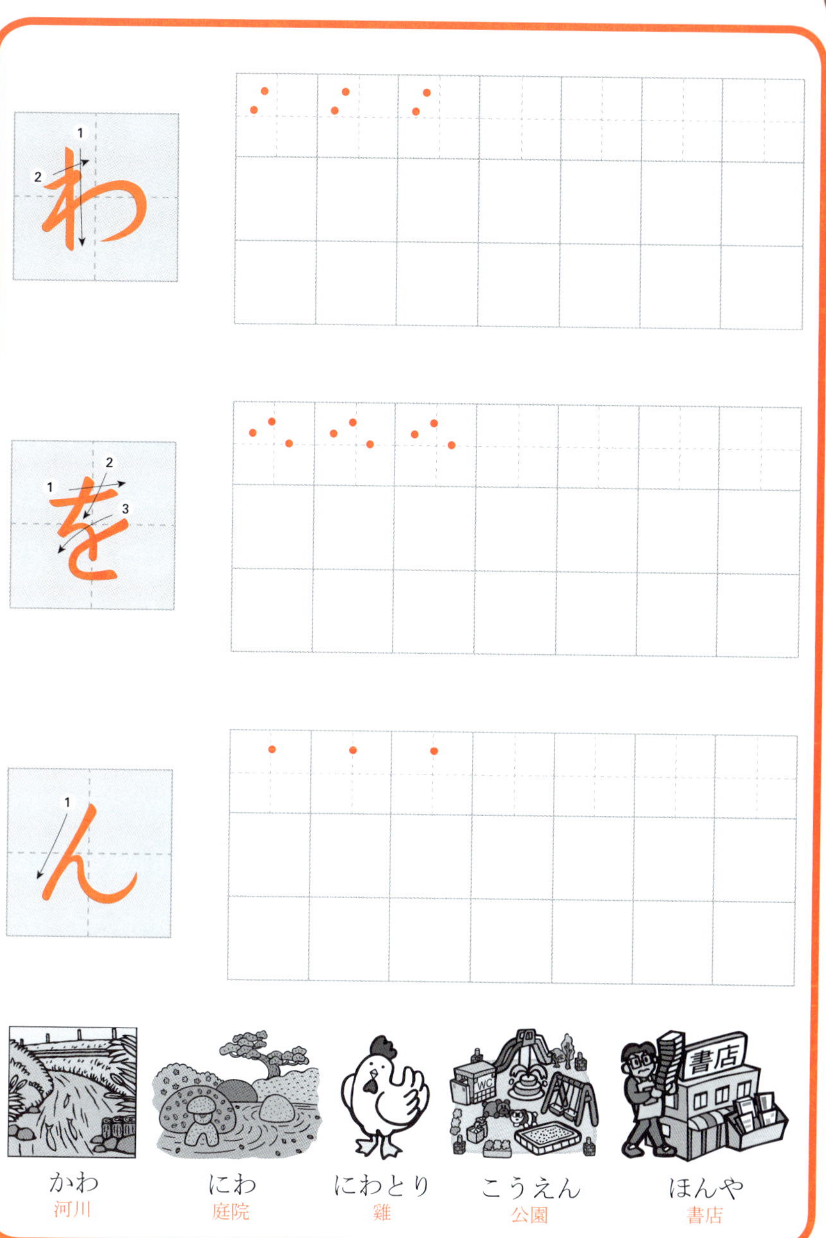

かわ
河川

にわ
庭院

にわとり
雞

こうえん
公園

ほんや
書店

が
行

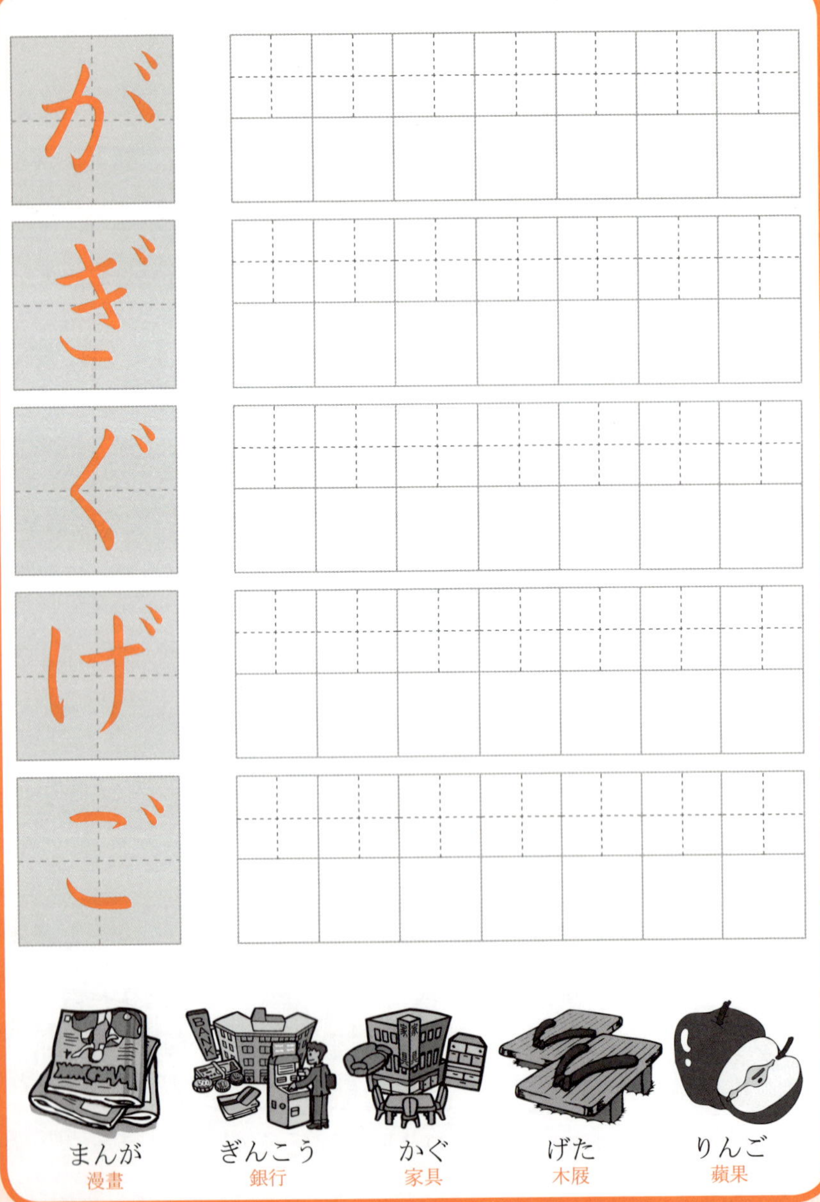

ざ
じ
ず
ぜ
ぞ
はいざら
煙灰缸
ふじさん
富士山
ちず
地圖
かぜ
風
れいぞうこ
冰箱

だ
ぢ
づ
で
ど
留守
再生
1 2 3
4 5 6
7 8 9
＊ 0 #
内線
保留
くだもの
水果
はなぢ
鼻血
かんづめ
罐頭
でんわ
電話
まど
窗戶

ば
び
ぶ
べ
ぼ
新聞店
そば
蕎麥麵
かびん
花瓶
しんぶん
報紙
べんとう
便當
ぼうし
帽子

ぱ行

促音

① 先模仿，照著範本描寫
② 提高難度，看著範本練習寫
③ 不斷的練習，然後不看範本寫寫看
④ 成功寫出漂亮假名，跟範本一模一樣！

促音用寫得比較小的假名「っ」表示，片假名是「ッ」。發促音的時候，是要佔一拍的喔！

促音是不單獨存在的，也不出現在詞頭、詞尾，還有撥音的後面。它只出現在詞中，一般是在「か、さ、た、ぱ」行前面。書寫時，橫寫要靠下寫，豎寫要靠右寫。

きっさてん

さっか

けっこん

せっけん

きって

きっさてん
咖啡店

さっか
作家

けっこん
結婚

せっけん
肥皂

きって
郵票

長音

長音就是把假名的母音部分，拉長一拍唸的音。要記得喔！母音長短的不同，意思就會不一樣，所以辨別母音的長短是很重要的！還有，除了撥音「ん」和促音「っ」以外，日語的每個音節都可以發成長音。

おかあさん

おにいさん

ゆうじん

せんせい

おおきい

おかあさん
母親

おにいさん
哥哥

ゆうじん
朋友

せんせい
老師

おおきい
大

拗音

由い段假名和や行相拼而成的音叫「拗音」。拗音音節只唸一拍的長度。拗音的寫法，是在「い段」假名後面寫一個比較小的「ゃ」、「ゅ」、「ょ」，用兩個假名表示一個音節。要記得，雖然是兩個假名拼在一起，但是，只唸一拍喔！而把拗音拉長一拍，就是拗長音了。例如，「びょういん」（醫院）。書寫時，橫寫要靠左下寫，豎寫要靠右上寫，而且字要小。

や	き	ゅ	う									

う	ん	て	ん	し	ゅ							

び	ょ	う	い	ん								

じ	て	ん	し	ゃ								

し	ゃ	し	ん									

やきゅう
棒球

うんてんしゅ
司機

びょういん
醫院

じてんしゃ
腳踏車

しゃしん
照片

片假名習字帖

① 先模仿，照著範本描寫
② 提高難度，看著範本練習寫
③ 不斷的練習，然後不看範本寫寫看
④ 成功寫出漂亮假名，跟範本一模一樣！

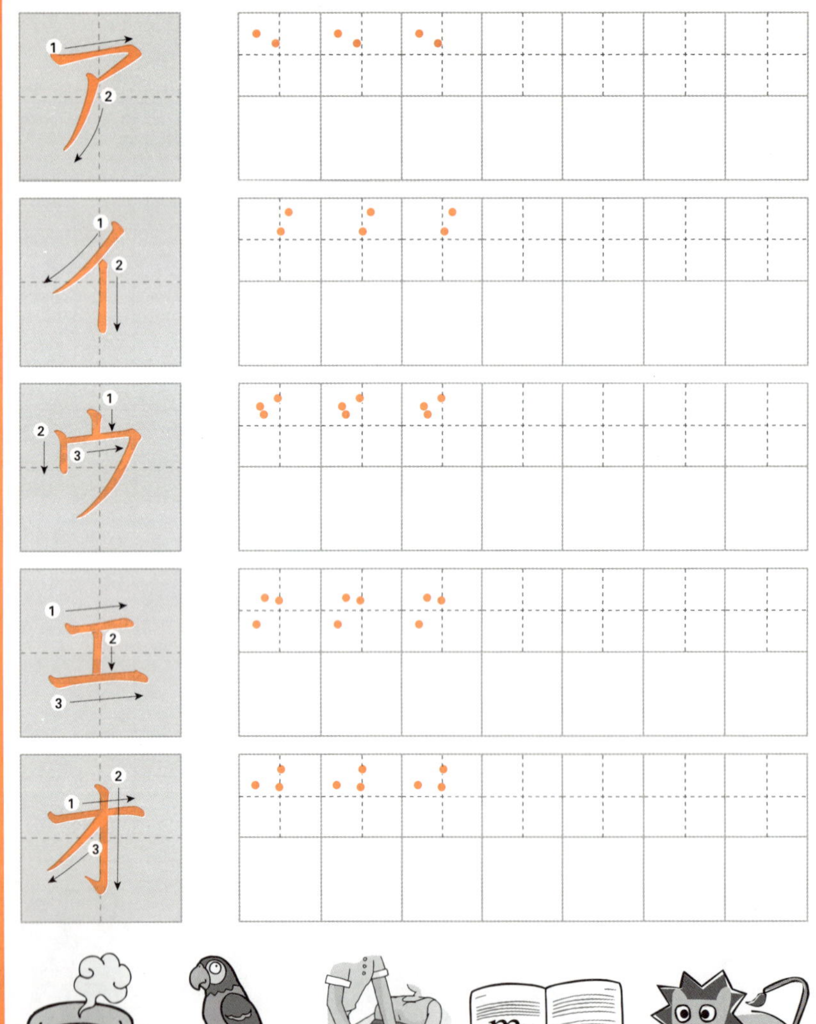

ココア
可可亞

インコ
鸚鵡

ウエスト
腰身

エム
m（英文字）

ライオン
獅子

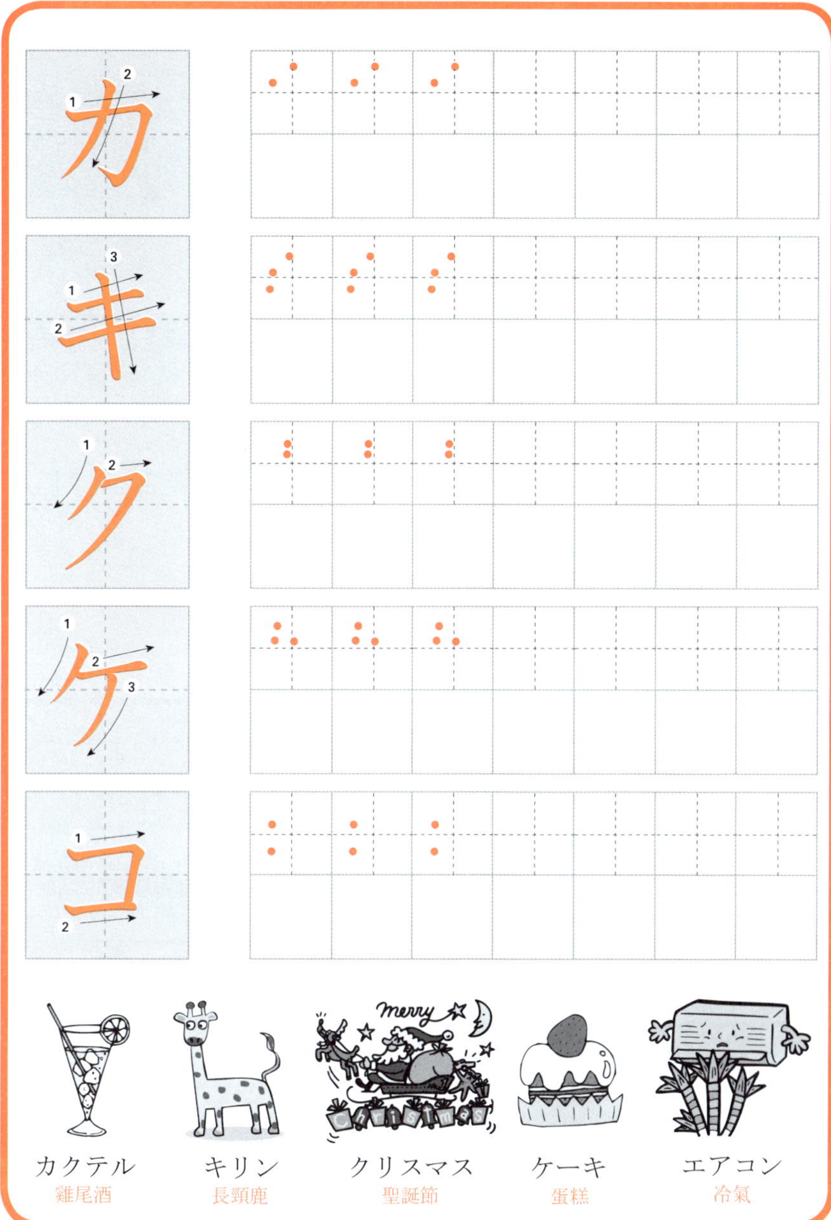

カクテル 雞尾酒
キリン 長頸鹿
クリスマス 聖誕節
ケーキ 蛋糕
エアコン 冷氣

サ
行

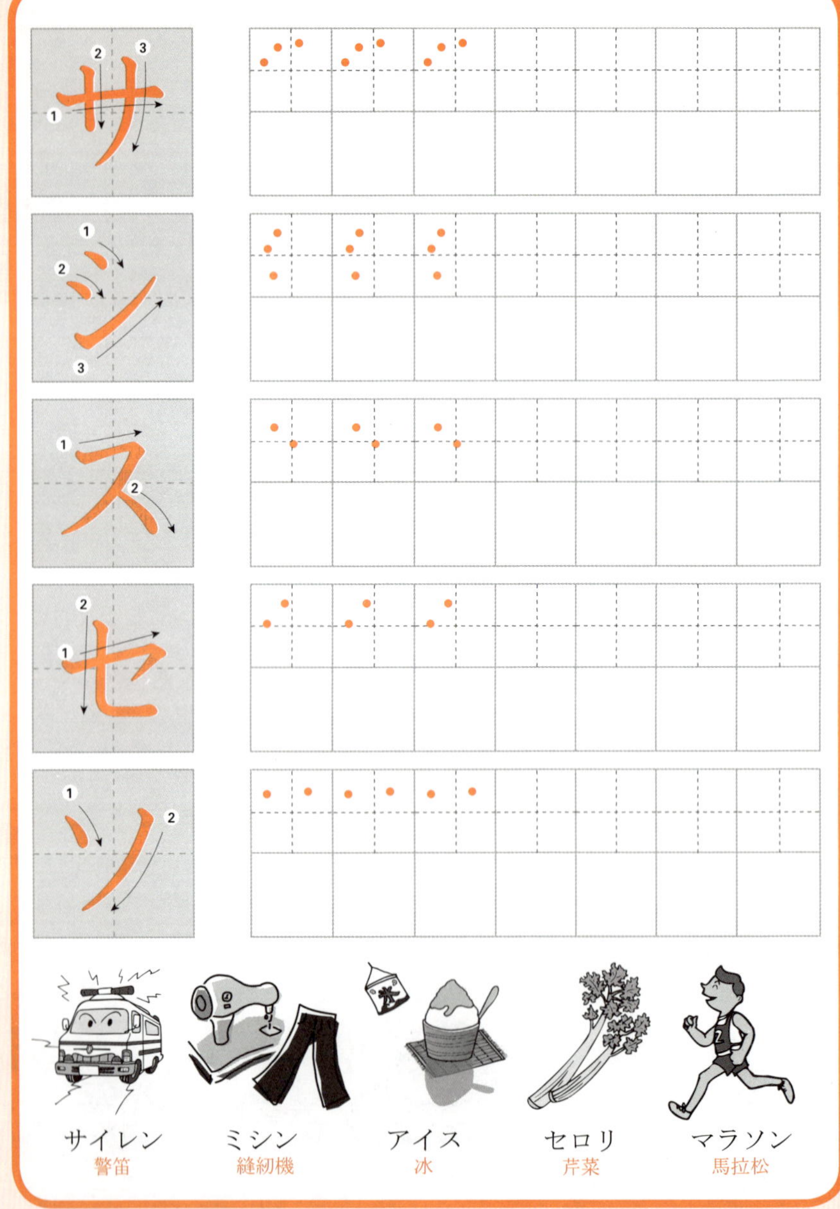

サイレン
警笛

ミシン
縫紉機

アイス
冰

セロリ
芹菜

マラソン
馬拉松

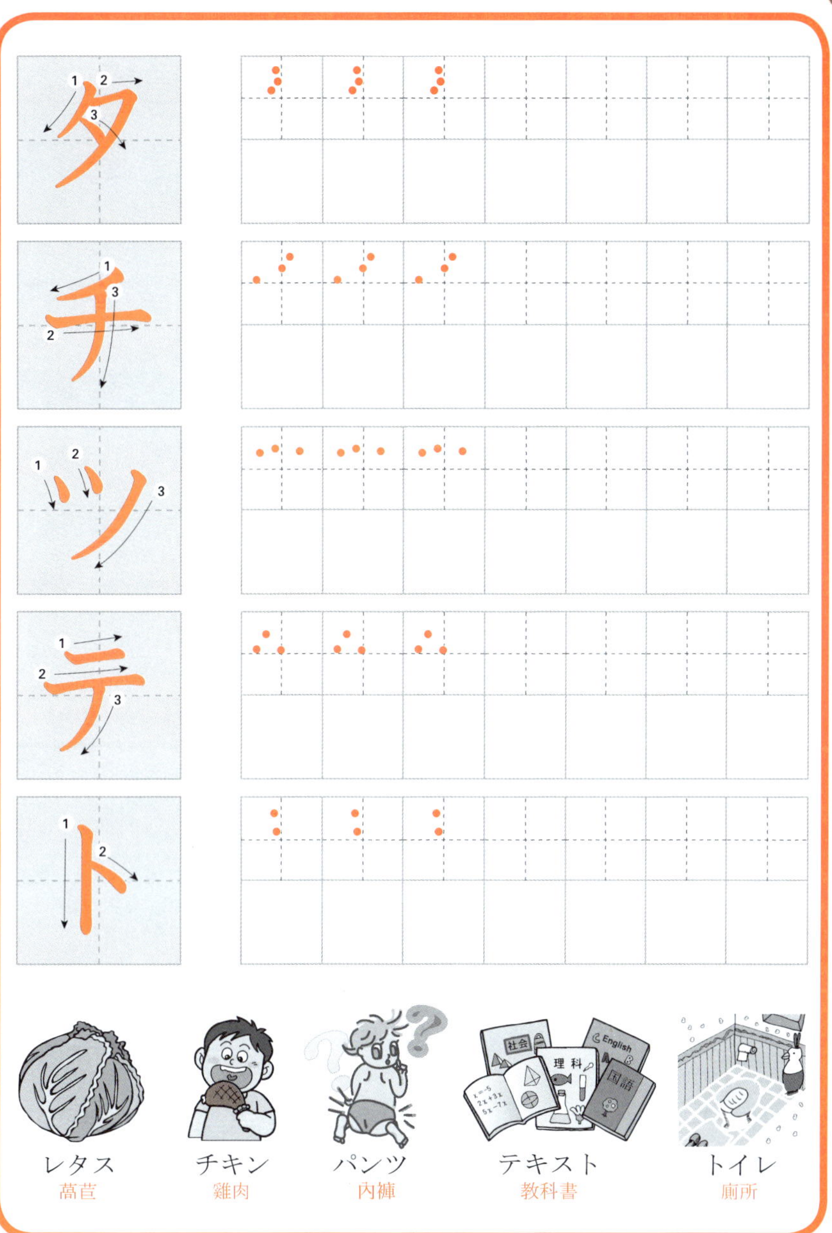

レタス
萵苣

チキン
雞肉

パンツ
內褲

テキスト
教科書

トイレ
廁所

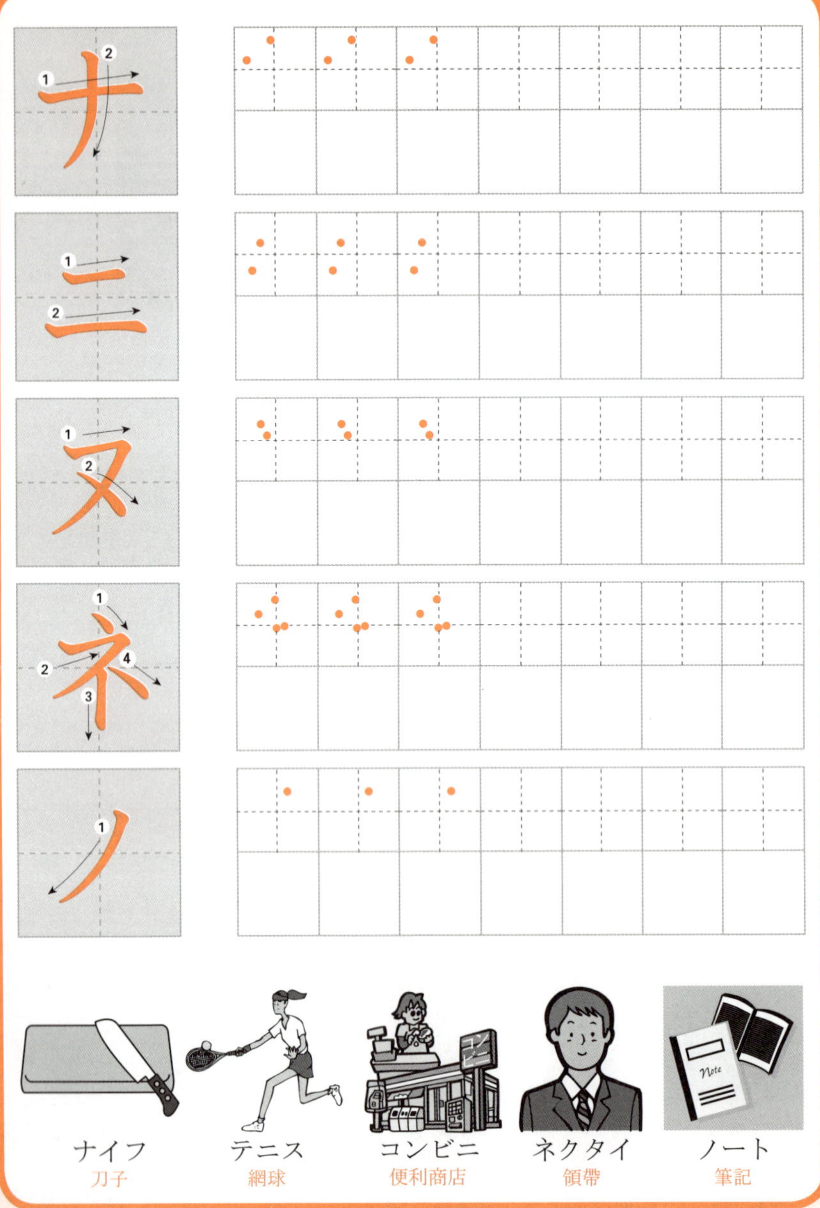

ナイフ
刀子

テニス
網球

コンビニ
便利商店

ネクタイ
領帶

ノート
筆記

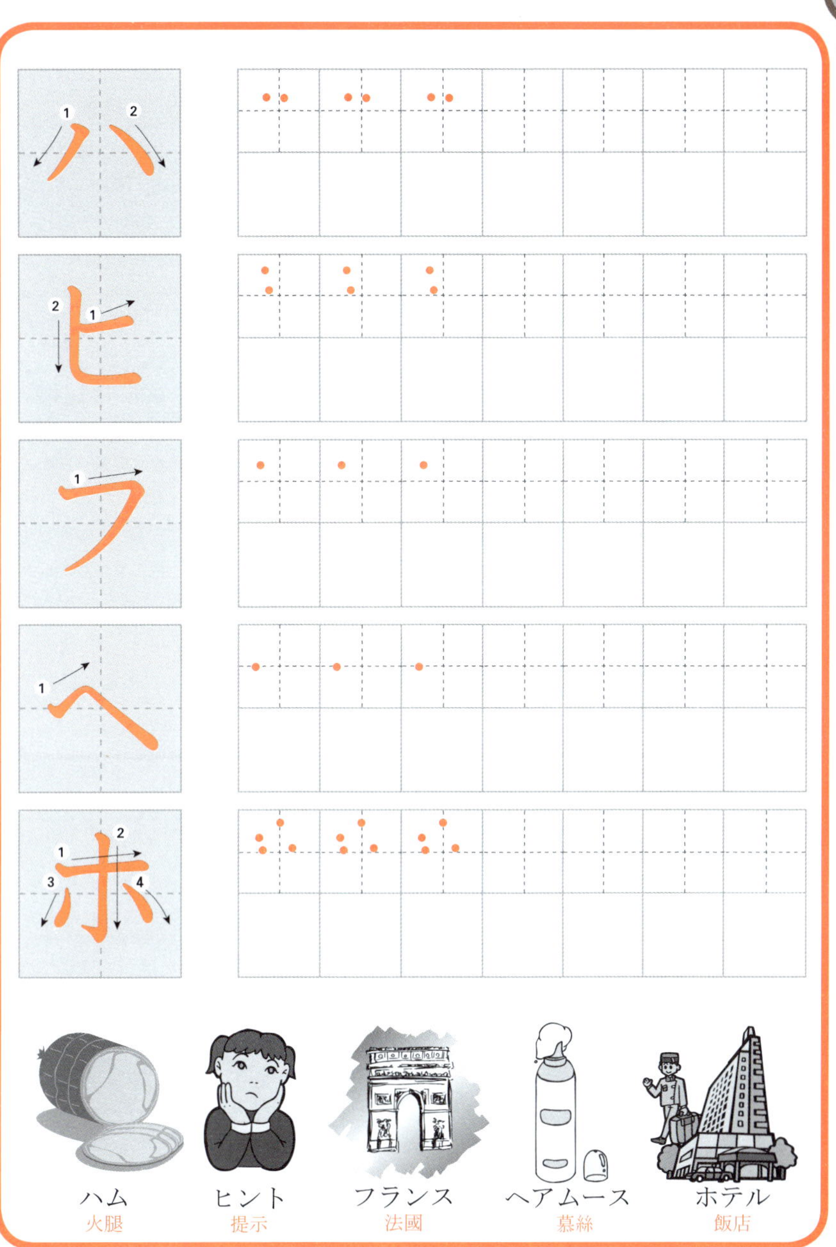

ハム
火腿

ヒント
提示

フランス
法國

ヘアムース
慕絲

ホテル
飯店

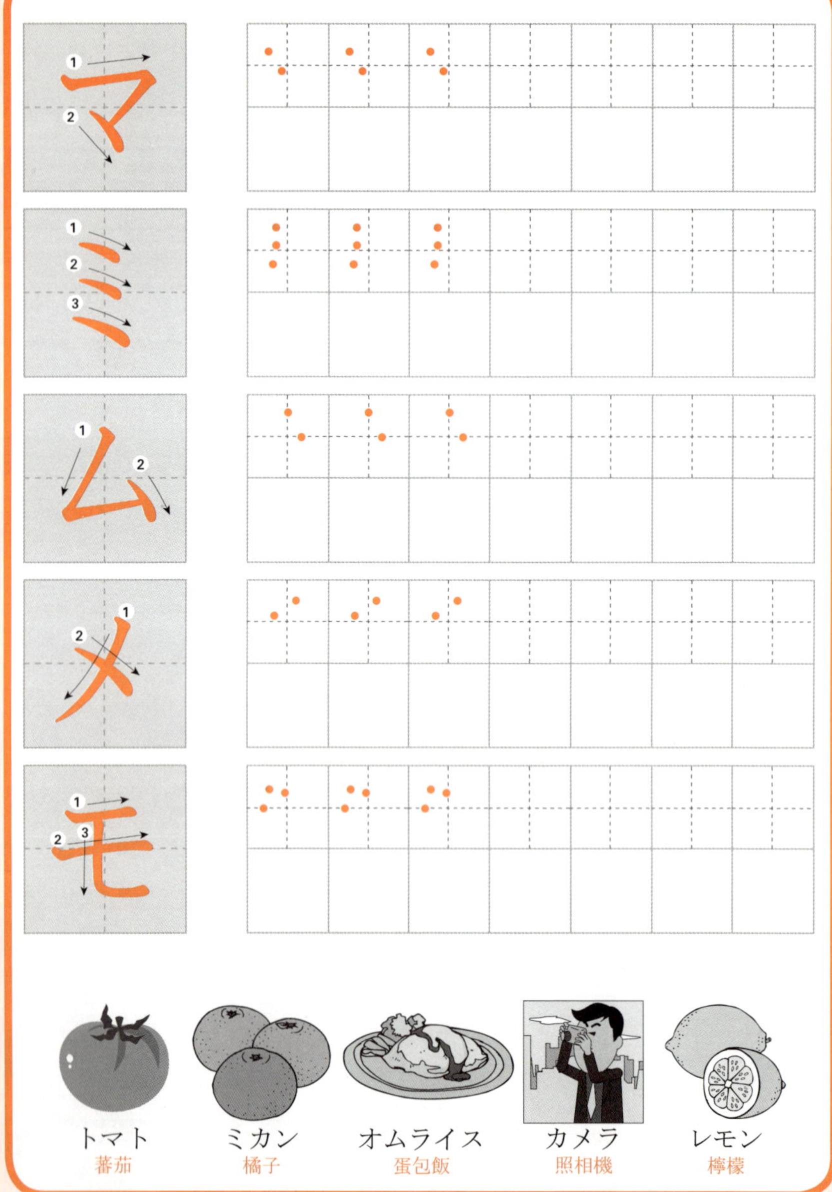

トマト
蕃茄

ミカン
橘子

オムライス
蛋包飯

カメラ
照相機

レモン
檸檬

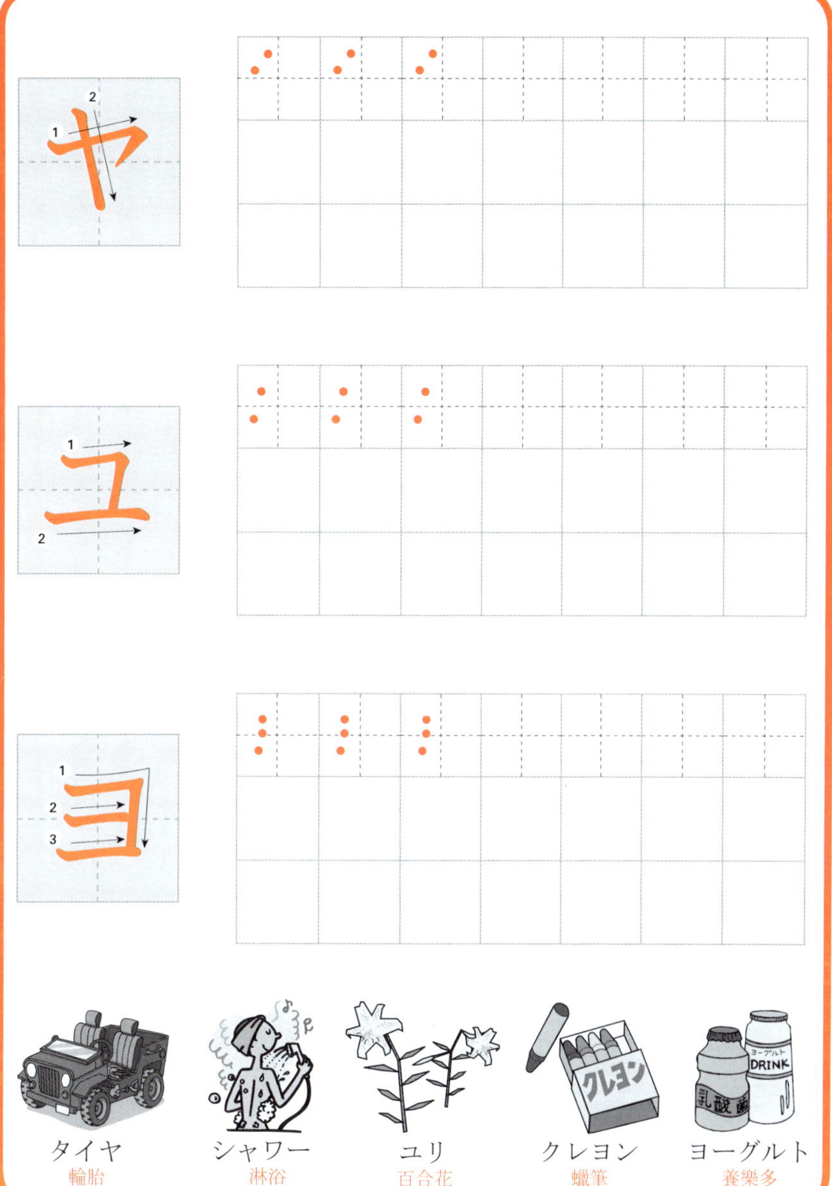
ヤ
1
2
ユ
1
2
ヨ
1
2
3
クレヨン
DRINK
ヨーグルト
乳酸菌
タイヤ
輪胎
シャワー
淋浴
ユリ
百合花
クレヨン
蠟筆
ヨーグルト
養樂多

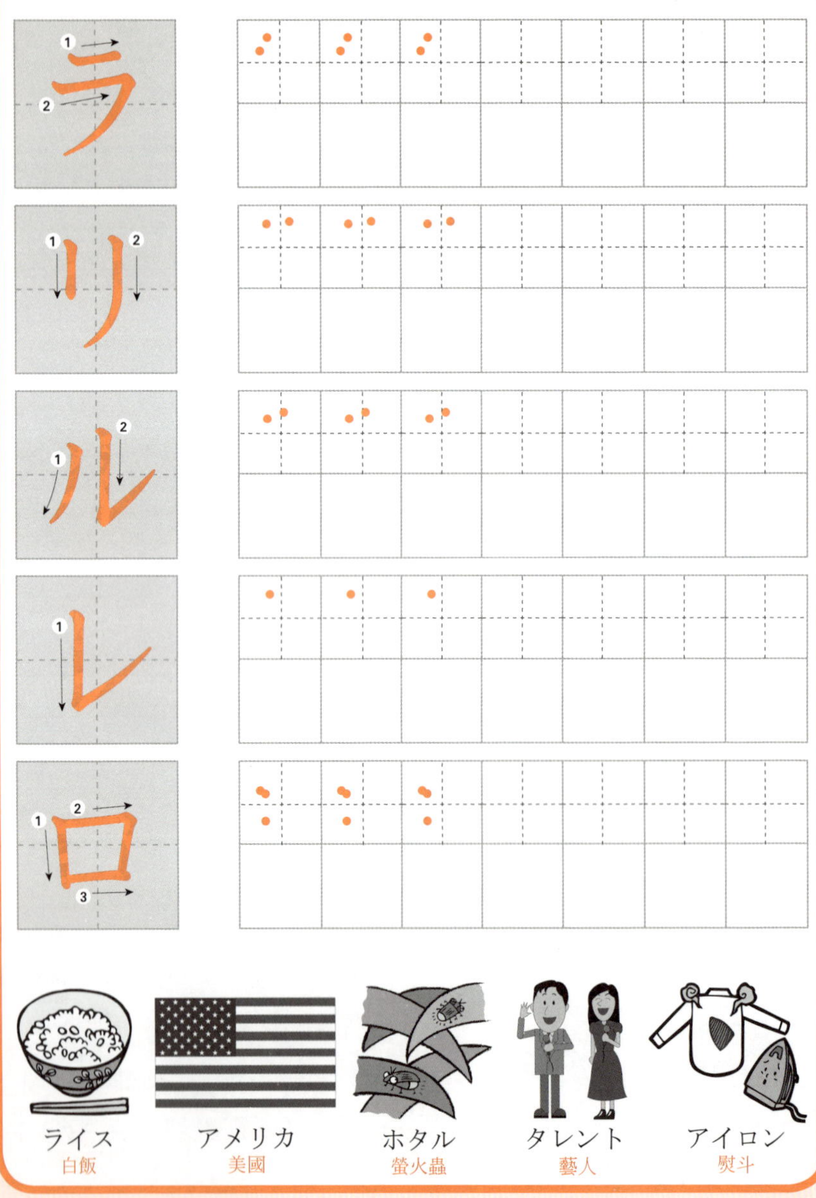

ライス
白飯

アメリカ
美國

ホタル
螢火蟲

タレント
藝人

アイロン
熨斗

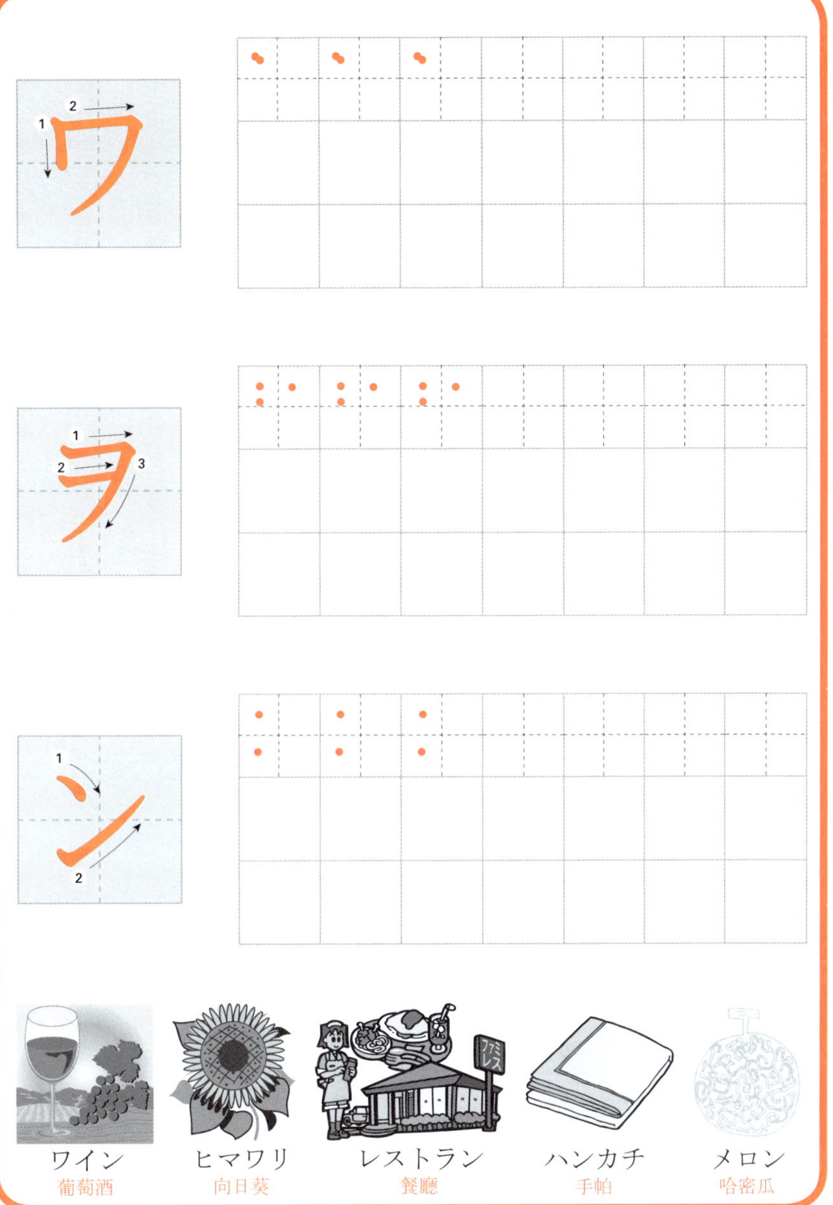

ワイン 葡萄酒

ヒマワリ 向日葵

レストラン 餐廳

ハンカチ 手帕

メロン 哈密瓜

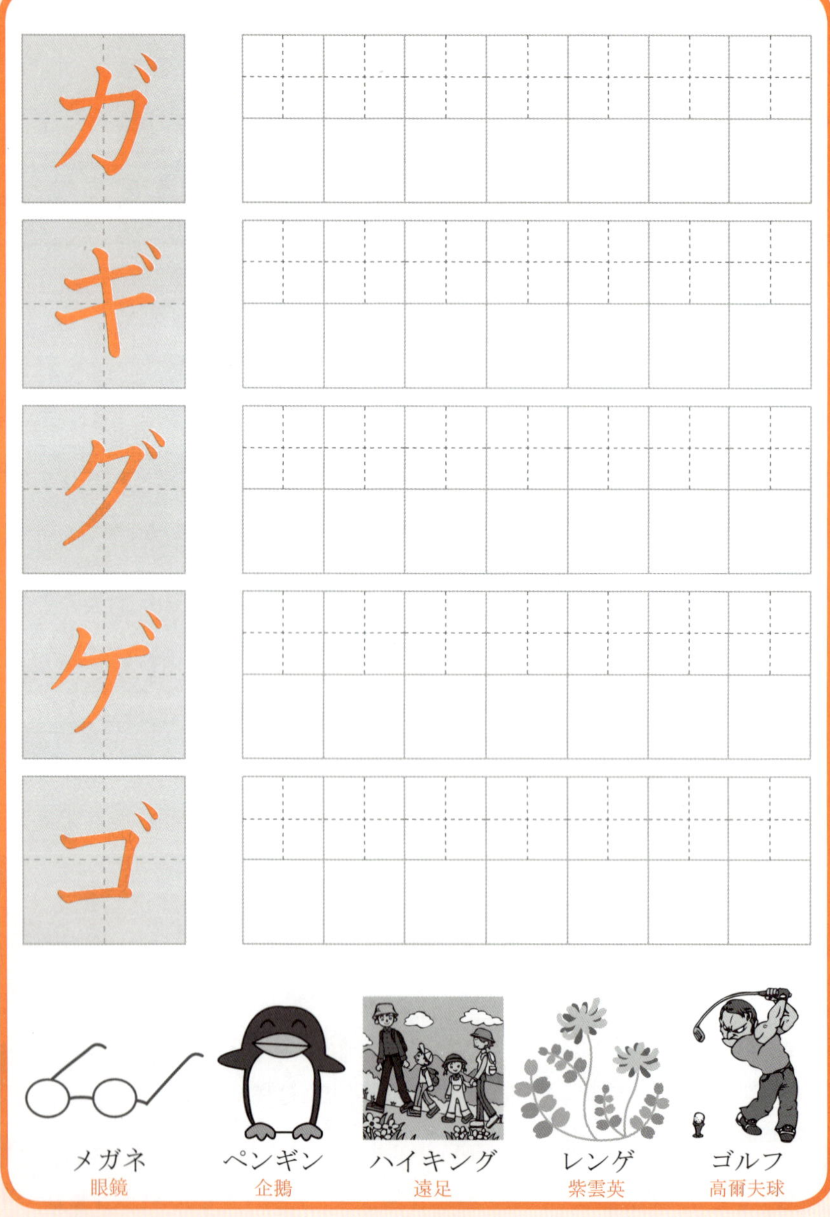
ガ
ギ
グ
ゲ
ゴ
メガネ
眼鏡
ペンギン
企鵝
ハイキング
遠足
レンゲ
紫雲英
ゴルフ
高爾夫球

ザ
ジ
ズ
ゼ
ゾ
VITAMIN
ピザ
比薩
ラジオ
收音機
ズボン
褲子
ゼリー
果凍
リゾート
度假勝地

ダ
行

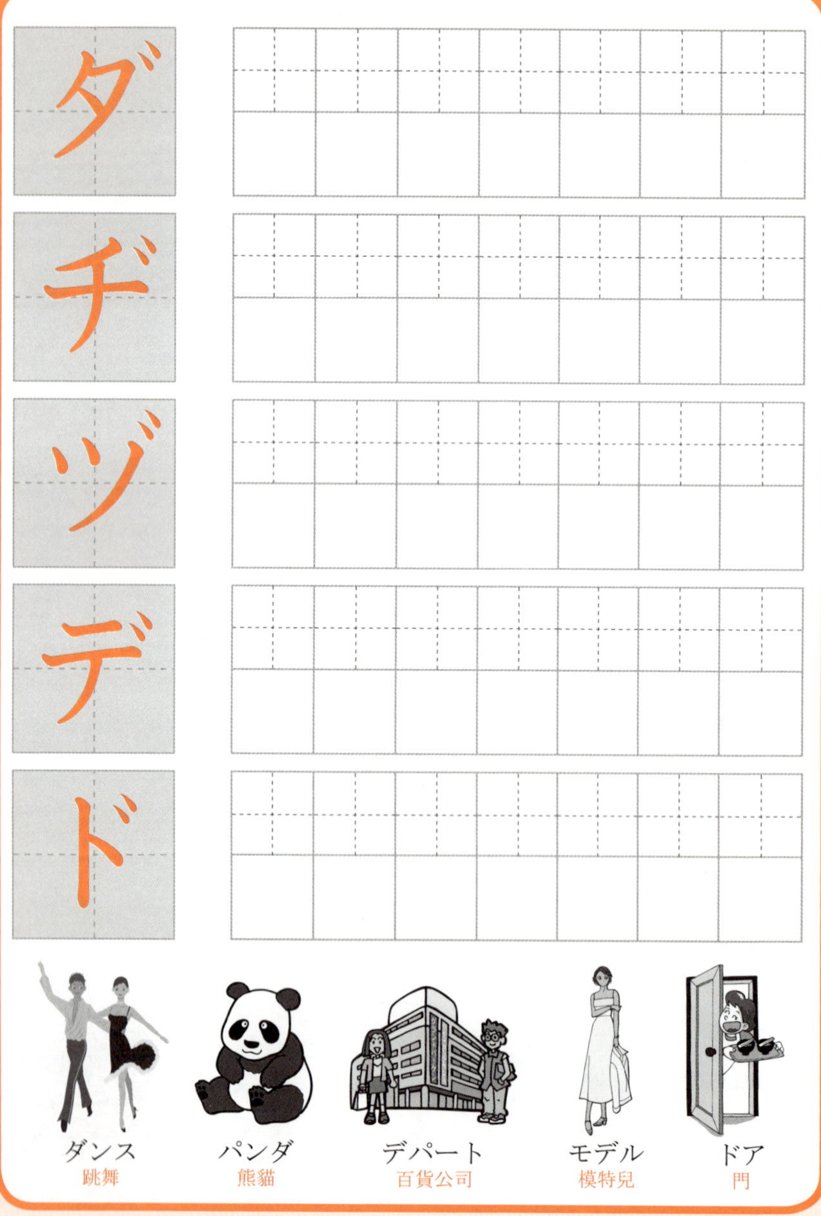

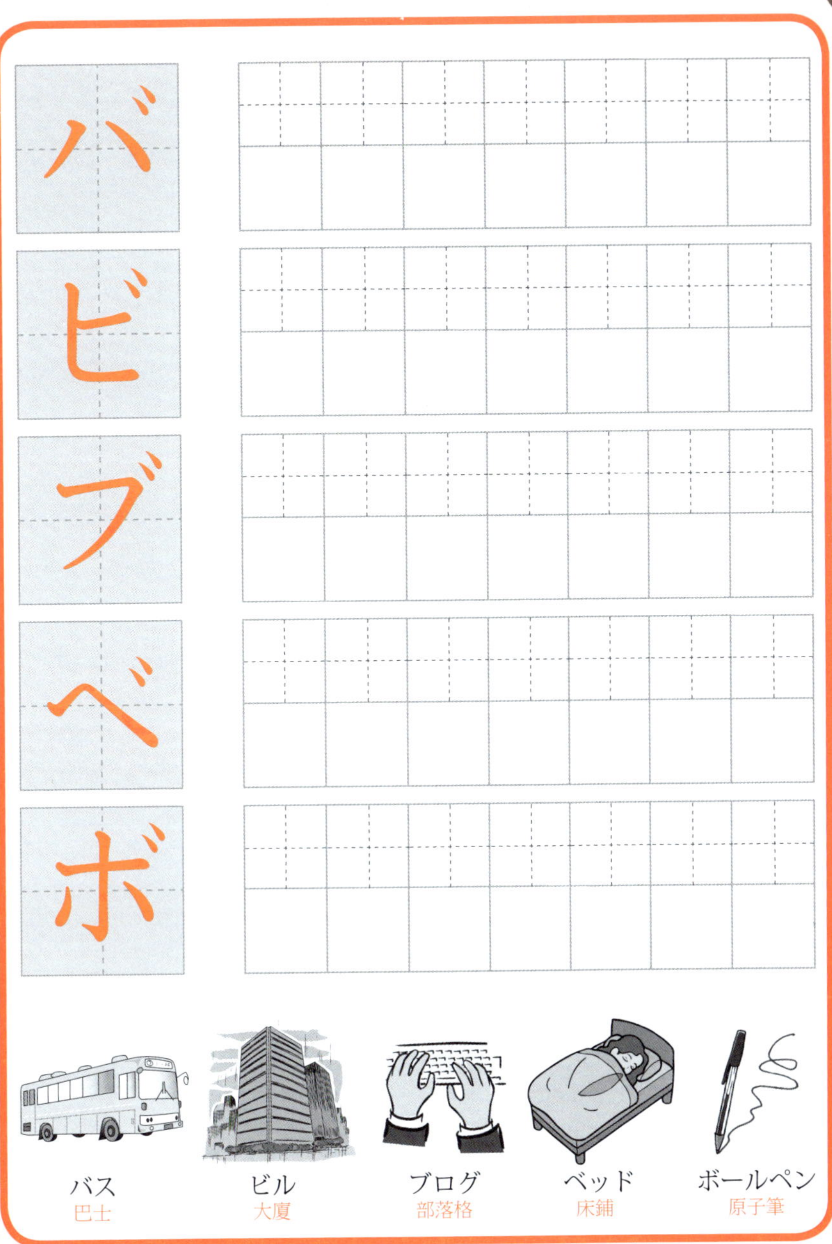
バ
ビ
ブ
ベ
ボ
バス
巴士
ビル
大廈
ブログ
部落格
ベッド
床鋪
ボールペン
原子筆

パ
行

促音

① 先模仿，照著範本描寫
② 提高難度，看著範本練習寫
③ 不斷的練習，然後不看範本寫寫看
④ 成功寫出漂亮假名，跟範本一模一樣！

促音用寫得比較小的假名「っ」表示，片假名是「ッ」。發促音的時候，是要佔一拍的喔！

促音是不單獨存在的，也不出現在詞頭、詞尾，還有撥音的後面。它只出現在詞中，一般是在「か、さ、た、ぱ」行前面。書寫時，橫寫要靠下寫，豎寫要靠右寫。羅馬字是用重複促音後面的子音字母來表示。

スリッパ 拖鞋
ベッド 床
トラック 貨車
ホッチキス 釘書機
バッグ 手提包

長音

長音就是把假名的母音部分，拉長一拍唸的音。要記得喔！母音長短的不同，意思就會不一樣，所以辨別母音的長短是很重要的！還有，除了撥音「ん」和促音「っ」以外，日語的每個音節都可以發成長音。

用片假名記外來語以「一」表示，豎寫時以「|」表示。

スカート

コーヒー

ケーキ

タクシー

プール

スカート
裙子

コーヒー
咖啡

ケーキ
蛋糕

タクシー
計程車

プール
游泳池

拗音

由イ段假名和ヤ行相拼而成的音叫「拗音」。拗音音節只唸一拍的長度。拗音的寫法，是在「イ段」假名後面寫一個比較小的「ャ」、「ュ」、「ョ」，用兩個假名表示一個音節。

把拗音拉長一拍，就是拗長音了。例如，「ジュース」（果汁）。書寫時，橫寫要靠左下寫，豎寫要靠右上寫，而且字要小。

ス	チ	ュ	ワ	ー	デ	ス						

シ	ャ	ツ										

ジ	ョ	ギ	ン	グ								

キ	ャ	ベ	ツ									

ジ	ュ	ー	ス									

スチュワーデス
空中小姐

シャツ
襯衫

ジョギング
慢跑

キャベツ
包心菜

ジュース
果汁

日本語基礎 新版 50音別再鬧彆扭了 (25K+QR Code線上音檔)

學發音、練假名、趣味圖，最有梗的日語教室

實用日語 20

發行人　林德勝

著者　吉松由美、山田玲奈、林勝田 合著

出版發行　山田社文化事業有限公司
地址 臺北市大安區安和路一段112巷17號7樓
電話 02-2755-7622　02-2755-7628
傳真 02-2700-1887

郵政劃撥　19867160號 大原文化事業有限公司

日語學習網　https://www.stsdaybooks.com/

總經銷　聯合發行股份有限公司
地址 新北市新店區寶橋路235巷6弄6號2樓
電話 02-2917-8022
傳真 02-2915-6275

印刷　上鎰數位科技印刷有限公司

法律顧問　林長振法律事務所 林長振律師

書+QR碼　新台幣310元

初版　2025年05月

© ISBN : 978-986-246-892-0